オムライス日和
BAR《バール》追分

伊吹有喜

ハルキ文庫

角川春樹事務所

オムライス日和

BAR《バール》追分

第1話

猫の恩返し

この国の清らかな水に昆布をしばらく沈ませ、火にかけたら沸きたつ前に取り出す。そのあと鰹《かつお》の削り節をたっぷりと入れて、静かに煮立てて数分間。こうして取り出した海草と魚介のうまみが溶け出した汁。この『だし』の誘惑に勝てる者はいるだろうか、いや、いない――。

「珍しいな。タッちゃん、いや、遠藤《えんどう》会長が食いもののことを、そこまで熱く語るのって」

九月の昼下がり、関西風うどんの店『おだしや』の店先で、『ねこみち横丁振興会』副会長の仙石喜一《せんごくきいち》が笑った。その隣で振興会の専従職員の宇藤輝良《うどうてるよし》もうなずく。

「僕も意外な気がします」

そう言うなよ……と遠藤が煙草《タバコ》をくゆらせた。

『ねこみち横丁振興会』会長の遠藤竜之介《たつのすけ》は貿易関連の仕事を幅広くしており、それ以外に世界の軍隊の放出品などを売る店なども持っているそうだ。横丁には店の事務所と倉庫があり、仕入れ旅と称する商談のために海外によく出かけていく。今回は三週間近く旅に出ていて、帰ってきたらずいぶんと日に焼けていた。

「今回の仕入れ旅は非常にきつくてな」

「どちらに行かれたんですか?」

「暑いところをあちこち。その間ずっと思ってた。帰国したら、だしの利いたものが食べたい、醬油《しょうゆ》ものが食べたい、うどんが食べたい、ラーメン食べたい、寿司《すし》食いたい、うなぎも食いたい、すきやきも」

「すきやき、いいですね」

いいなあ、と左隣に座る仙石が深々とうなずいた。

「オイラは海外に縁はないけど、すきやきはたまに夢に出てくるよ。霜降りの柔らかくて、とろけそうな牛肉を、ふつふつと沸きたつ割り下と絡めて、そいつを卵の黄身にたっぷりつけてフワッとほおばる……寸前で目が覚めるんだな、これが」

切ない、と耐えかねたように遠藤が言った。

「せめて食ってから目が覚めたいものだ」

「本当に切ない。僕はそんなすきやき食べたことありません」

「そんな寂しいこと言うなよ。オイラまで切なくなってきた」

しょうがねえなあ、と仙石がごま塩頭に手をやると、甘辛い香りがした。仙石煎餅の一番人気、「海苔《のり》煎餅」の香りだ。

「今度、オイチャンが追分の若い衆にごちそうしてやるよ。とびっきりのすきやきを」

「追分の若い衆って?」

「お前さんとモモちゃんと純君《じゅん》だよ」

「僕ら、そんなふうに呼ばれているんですか」

「別におかしくはないだろ、お前さんはBAR追分《おいわけ》の上に住んでるんだし、モモちゃんは昼、純君は夜にあそこで働いているんだから」

「それはそうですけど……」

昼のバール追分の桃子《ももこ》とは話をする機会は多いが、夜のバー追分で働く伊藤《いとう》純とは、挨拶程度しか交わしていない。それなのに一括《くく》りにされるのは変な気分だ。

黄色いリボンを首にまいた茶色の猫がのんびりと歩いていった。そのあとをピンクのリボンを巻いた三毛猫が続いていく。

ねこみち横丁という愛称のせいか、それとも野良猫が多いからこの名前になったのか、ここには地域で世話をしている猫が三匹おり、それぞれがリボンを巻いている。普段は横丁の猫好きたちが世話をしているが、彼らの手におえない問題が起きたとき、町を代表して対応するのも、振興会専従職員、町の人からは管理人とも呼ばれている宇藤の仕事だ。

今回はこの猫のことで昼食を食べながら相談をしたいと、会長の遠藤と副会長の仙石に呼び出された。本当は『バール追分』で食べる予定が、今日の定食は人気があり、店の外で待っている人がかなりいる。それなら『おだしや』でうどんを食べがてら話をしたいと遠藤が言うので、三人で店まで来た。しかしここも満員で、外に置かれた丸椅子に座って順番を待つことになった。

　頭上で軽く機械の音がする。換気扇の風が強めに切り替わったらしく、厨房《ちゅうぼう》から鰹節の香りが流れてきた。

　いい匂いだ……と、遠藤がつぶやく。

「今回はやたら、ここのうどんつゆが思い出されてな」

「いつ帰国されたんですか？」

「昨日の夜だ」

「それは恋しかろうね、日本の味が」

　今まではそんなことなかったんだが、と遠藤が苦笑した。

「年のせいか、疲れきったのか……。海外にも日本食の店はあるが、うまいだしを引いている店というのはあまりないんだ」

「わかります。僕は海外旅行はまだ一回しか、したことがないんですけど、とにかく食事が口に合わなくて。ずっとカツ丼が食べたかった」

　カツ丼？　と仙石が首をかしげた。

「それは、だしとは関係ねえんじゃないの？」

「何言ってるんですか、あれはだしですよ。蕎麦《そば》屋さんのカツ丼を思い出してください」

　なるほど、と遠藤が腕を組む。

「たしかにな、蕎麦つゆ。あれは『だし』と『かえし』の調和の賜物《たまもの》だ」

ああ、と仙石がうなった。

「モノカキ君の言うとおり、そう言われればだしが重要だな。カツ丼……蕎麦つゆで玉ねぎを煮て、そいつにトンカツを入れて卵でとじて。カツにだしの利いた蕎麦つゆがしみてさ……」

「いい、実にいい。日本の味だ」

感に堪えぬといった表情の二人に気をよくして、宇藤もあとに続く。

「僕、トンカツの衣はカラッとしてるのが好きなんですけど、蕎麦屋のカツ丼は衣が厚めでふわっとしていてもいいです」

わかる、と仙石が何度もうなずいた。

「そのふわっとした衣に蕎麦つゆがしみるのな。で、そのチョイ甘のつゆでふやけたカツを嚙《か》むと、最初に甘辛くて、そこから豚肉の味がガツンときて」

「三つ葉の香りがするのも、侘《わ》び寂《さ》び利いてていいよな」

「カツ丼が食べたくなってきました」

いや、と遠藤が首を横に振った。

「うどんだよ、うどん、今日はおだしやのうどん……おっと、本題を忘れていた。デビイ！」

遠藤が通りかかった黒猫に声をかけた。遠藤の錆《さ》びた声に応じて、赤いリボンを巻いた黒猫が近寄ってくる。バール追分の桃子が世話をしている猫「デビイ」だ。

デビイが尻尾《しっぽ》を立てて、うれしそうに遠藤の足に身体《からだ》をすりよせた。

「なついてますね」

「デビイはタッちゃんが大好きだからな」

そのデビイがな、と遠藤が猫の両脇を持つと、軽く持ち上げた。

「最近、ムクムクと太ってきたんだ」

「僕は、ふくよかだからそういう名前なのかと」

まさか、と仙石があきれた顔をした。

「デブだから、デビイじゃないよ。お前さん、猫とはいえ、女の子になんてこと言うんだい」

「えっ？　デビイって女の子なんですか？」

「腹見りゃ、わかるだろ」

「見ませんよ、猫のおなかなんてしげしげと」

それはそうだ、と遠藤がデビイを膝に置くと、背をなでた。心地よさげにデビイが身を丸めている。

「デビイというのは、『ワルツ フォー デビイ』という曲にちなんでつけた名前だ。だから女性さ。例のでシュッとしないのか？」

スマホで調べないのかとからかわれて、半ば意地になり、宇藤は携帯電話を出す。たしかに、それがどうして女性を意味するのかわからない。

「シュッとしますよ、もちろん。あ、出た。ビル・エヴァンスという人が作った曲で、姪のデビイという少女のために作った。……だから女の子の名前なんですね」

スマホには『ワルツ フォー デビイ』のジャケットの写真が出ていた。淡い紫色を背景に、少女とも女性ともつかぬ横顔のシルエットが描かれている。黒と紫が印象的なしゃれたデザインだ。

音楽が聴けるサイトがあったので、そこへ行ってみる。春のせせらぎのようにきらきらとしたピアノの音が流れてきた。

「無性に可愛《かわい》い曲ですね。僕はジャズって聴いたことがなくて」

「普段は何を聴いているんだ？」

「特にこれといったものは。はやっているものを少し聴くぐらいです」

正直に話したのだが、急に恥ずかしくなってきた。BAR追分の常連の青木《あおき》梵《ぼん》といい、遠山《とおやま》綺里花《きりか》といい、そして目の前の遠藤といい、この横丁の大人たちは映画や音楽のことをよく知っている。それとも単に自分がものを知らないだけなのだろうか。

デビイが遠藤の膝から立ち上がると、宇藤の膝に飛び乗ってきた。

「おっ、お前さんも、なつかれてるじゃないか」

「今回、君に相談したいのは、そのデビイの……どうした？」

「すみません、デビイが少し重い……それに爪？　爪が痛い」

デビイにあまり触れたことがなかったのだが、猫の身体は見かけよりも筋肉が引き締まって重さがあった。しかも座り心地が悪いのか、嫌われているのか、デニムの腿《もも》に爪を立ててくる。

おおげさだなあ、と仙石がデビイを抱き上げると、自分の膝に置いた。

「デビイごときで弱音を吐いてちゃ、きれいなおネエちゃんを膝に抱けないよ」

「抱かないからいいです。……というか、女性を膝に抱くって、どういう状況なんですか」

「想像しろや、モノカキなら」

「それが想像できなくて」

「なんだか困ったことを言ってるよ。タッちゃん、説明してやって」

遠藤がくすっと笑うと、ミリタリージャケットの胸ポケットから携帯灰皿を出した。

「どういう状況かと問われれば、そうだな……親密な状況だな」

「親密？」

「かなり親密……まあ、昼間の往来で色っぽい話はよそうじゃないか」

「色っぽい？」

店の扉が開いて、客が出てきた。お待たせしました、と声がする。

「三人さま、どうぞなかへ」

さあ、うどんだ、うどん、と遠藤が立ち上がった。

「俺はもう、待ちくたびれたよ」

『おだしや』はカウンター席のみの小さな店だった。店の内装は白木を用いた明るい雰囲気で、まだ新しい。前の職場でねこみち横丁の公式サイトを作っていたときはちょうど厨房の改装をしている最中で店を閉めており、取材はしたが実際にうどんを食べるのは初めてだ。

店主は横丁の人々から『悟郎《ごろう》さん』と呼ばれる三十代の若い店主で、『おだしや』という名前のとおり、だしに心を配っている。取材をしたときには、選《え》りすぐりの鰹節と昆布を中心に、干し椎茸《しいたけ》などのキノコ類や野菜などの植物性のだしを合わせていると言っていた。

遠藤たちと悟郎の会話を聞きながら、宇藤は目の前に出されたきつねうどんを眺める。薄口醤油で仕上げるというつゆは淡い金色で、そこに真っ白なうどんが入っている様子は福々しく、ほのかに色っぽい。どんぶりの隅には三角に切られたこぶりの油揚げが二枚。そこに青ねぎがのせられ、ねぎの香りが、だしの香りに新鮮さを添えている。

どんぶりを持ち上げ、宇藤はまず、つゆを味わう。鰹と昆布のうまみのなかに、店主が選り抜いた食材の風味が添えられ、控えめだがしっかりとした味わいが伝わってくる。

だしがおいしいのは、この国の水が清らかだから、とさきほど遠藤は話していた。その水をベースに鰹節や昆布、干し椎茸、醬油などがハーモニーを織りなすつゆは、日本の風土の恵みが溶け込んだ味なのかもしれない。

うどんをすすると、つるりとしたのどごしだった。少し細めのうどんにつゆがからんで、心地よく腹へとおさまっていく。

おいしい、としみじみと思ったら、悟郎と目があった。短く刈り上げた髪が清々《すがすが》しい人だ。

宇藤さん、と悟郎があらたまった声で言った。

「ねこみち横丁のサイトのうちの紹介、ありがとうございました。お礼を言うのが遅れたけど……この店や俺のことをすごくいい感じに書いてもらって、うれしかったです」

「いいえ、そんな……取材したそのままを書いただけです」

自分が書いた原稿に直接、礼を言われるのはあまり経験がなく、うれしいながらも宇藤は緊張する。自分にとっては数ある店の紹介原稿の一つだったが、その店にとっては、かけがえのない原稿だったのだと今さらながらに感じた。

「宇藤さん、遠慮しないで横丁の店をもっと使ってくださいよ……。宇藤さんが振興会の加盟店でする買い物や食事の件はみんな心得てるし、どこも歓迎しますよ」

「ありがとうございます……では少しずつ」

「うちにもちょくちょく来てください。感謝してるんです。宇藤さんが横丁を管理するようになってから、ゴミの集積所はいつもきれいで、カラスも来ない」

彼は手を抜かないからね、と遠藤がうどんのつゆをうまそうに飲んだ。

そうだ、そうだ、と仙石が音高くうどんをすする。

「それは本当に大事なことだ。この人は立派なモノカキになるよ。そうしたら悟郎ちゃんや横丁をモデルに映画の脚本を書いてくれるかもな」

「映画？　宇藤さんは脚本を書くのか。うどん屋悟郎って話はどう？」

「そのまんまじゃねえか」

「どういう話なんだい、悟郎君」

「それは宇藤さんに考えてもらう」

軽くむせたら、悟郎が笑った。

女性客が食べ終わり、席を立った。悟郎が彼女の会計をしているのを見て、宇藤はこぶりの油揚げを口にする。甘めに煮付けられた油揚げに、うどんのつゆがしみ、噛むたびにふくらみのある味わいが広がる。

　だしの素材の吟味から始まり、すべての作業をていねいに、妥協せずに積み上げていくのが自分のやり方だと、公式サイトの取材の折に悟郎は語っていた。一つひとつ、きちんとした仕事がなされたものが組み合わさると、シンプルな料理も大きな力を放つようだ。

「悟郎ちゃん、あとでお稲荷《いなり》さん、もらえるかい？　タッちゃんとモノカキ君は？」

「俺はそろそろ行かねばならんので、いい。君は食べとけ、うまいぞ」

「ではいただきます」

　うどんのつゆを飲み干した遠藤が腕時計をちらりと見た。

「さて、さっきの話の続きをしておこうか」

　なんでしたっけ？　と聞くと、「デビイの話さ」と遠藤が答えた。

「デビイがムクムクと太ったんですよね、それで……」

　それでだ、と遠藤があとを引き継いだ。

「その理由がモモちゃんによると、よそでエサをもらっているようだと言うんだ。猫が太るのは健康に悪いからって、彼女はエサのカロリーにたいそう気を遣っていてな、それでいくとデビイが太るはずがないらしい」

「僕は何をしたら？」

「モモちゃんとも相談しなければいけないが……まずはデビイにエサをやっている人を見

かけたら、事情を話して今後は少し控えるようにしてもらいたい」

「どうしたらいいんだろう。まずはデビイのあとを追って、彼女にエサをあげている人を探せばいいんでしょうか……」

「方法はまかせる」

「おかしいって言いますと?」

おかしいんだよなあ、と仙石が稲荷寿司を口に運んだ。

「いやさ、デビイはグルメだから、あまりよそんちでエサを食わないとオイラは思うんだよな。あのコは『違いがわかる男』ならぬ『違いがわかるお猫』だからな」

なつかしい、と言ったあと、遠藤がかすかに笑った。

「コーヒーが飲みたくなってきた」

「オイラも頭のなかで今、ダバダーって女の人が歌ってる」

「それは映画か何かですか?」

知らないの、と仙石が驚いた顔をした。

「そうか、今の若い子は知らないか、あのＣＭ」

世代差を感じるな、と遠藤が笑うと立ち上がった。

「さて、俺はもう行く。すまないが、管理人、デビイの件は頼んだぞ」

軍人のようにきりりとした声で言われて、「はい」と答えたものの、宇藤は途方にくれる。一体、どうやってデビイを追跡したらいいのだろう。

　それから三日間、宇藤は午後になると横丁から出ていくデビイのあとをつけてみた。周囲から見れば、猫を散歩させているように見えたかもしれない。何をやっているのかと自分でも最初は思ったが、猫のペースでゆっくりと気ままに町を歩くと、古い建物のたたずまいや時間によって変わる空の変化が敏感に感じ取れた。

　そうしてあらためて、ねこみち横丁を見てみると、ビルの谷間に二階建ての小さな店舗付き住居がひしめきあう様子は、そこだけが昭和の雰囲気で、よくぞ残っているものだと思う。しかもその周辺も同じようにビルの間に時折、古びた家がまだ残っていて、そのなかの一軒の家にデビイはいつも生け垣の合間からもぐりこんでいく。そこに入っていくとしばらく姿を見せず、ようやく出てきたと思ったら、今度は高いコンクリート塀に上がって、隣のビルの敷地に姿を消してしまう。

　三日続けて同じところでデビイを見失い、疲れはてて宇藤はねこみち横丁に戻る。時計を見ると、二時半だった。二時から五時までは原則として、バール追分のカウンターで横丁に関わる仕事の依頼を受けることにしているので、宇藤は店に入る。

　珍しく客は誰もおらず、カウンターのなかでは桃子が熱心に何かを剝《む》いていた。

「おかえり、宇藤さん」

　桃子が仕事の手を止め、笑顔を向けた。

ただいま、というのも変で、軽く宇藤は頭を下げる。店に入って、おかえりと言われるのはおかしいが、この上に住んでいるので間違ってもいない。

「どうだった、デビイは？」

「また見失って。いつも同じところで消えるから、世話になっている家の見当はつくんだけど」

ありがとね、と桃子が微笑《ほほえ》んだ。

「デビイのことでいろいろ時間を割《さ》いてくれて」

「それも仕事のうちだから」

桃子が再び微笑んだ。彼女が笑うと、大きな目がいきいきとして、あたりが明るくなる。それを横から眺めているのは良い気分だが、正面から笑顔を向けられると、どう対応したらいいのかわからない。笑い返すのはにやけているようだし、何も反応しないのも失礼だ。その結果、いつも小さく頭を下げてしまうのだが、それはそれで、ぺこぺこしているようで落ち着かない。

大変だったでしょ、と桃子がグラスに水を注いだ。

「猫って気まぐれだから。狭いところもウニャ！　って感じですいすいと入っていっちゃうし」

『ウニャ！　って感じ』とは、たしかに生け垣の向こうに消えていったデビイを表現するのにぴったりだ。そう言おうと思ったが、気軽に口に出しかねて、宇藤は黙ってL字形のカウンターの奥に向かう。

その席はカウンターの客が見渡せるが、手前のカウンター席からはエスプレッソマシンのおかげで死角になる場所だ。夜のバー追分ではオーナーの追分瑶香《ようか》が座る特等席で、これまで、昼の営業中には花が置かれていたらしい。しかしここならば人目を気にせずに原稿が書けるだろうからと、瑶香が昼間は宇藤が座っていいと言ってくれた。

それでも客が入ってきたとき、カウンターに誰もいないと、さびれた店に見える可能性がある。そこで客がまったくいないときには瑶香の席には極力宇藤は座らない。しかし今日は疲れた。人目につかないところで、じっとしていたい。

瑶香の席に座ると、桃子が水を出してくれた。

「何か飲む？　コーヒー？　エスプレッソ？　夏に飲んでた柚子蜜《ゆずみつ》をお湯で割るのもおいしいよ」

「あの……じゃあコーヒーを」

ねこみち横丁振興会の月給は五万円だが、その代わりに二階の事務所の一角を住居として提供されたり、振興会加盟店での食事や買い物は一律、六掛けであったりと、横丁で商売を営む人々が現金の代わりに『現物支給』をするということで、専従職員の給料を補っている。なかでも事務所の下にあるこのＢＡＲ追分では、メニューにある食べ物はすべて半額で、朝、昼、晩の食事は桃子が食べる賄いをわけてもらうのであれば無料だ。

コーヒー豆を挽《ひ》く音がして、香ばしい匂いが鼻をくすぐった。

その香りに気持ちが落ち着いて、宇藤はナップサックから原稿用紙を出す。昨日、一昨日と、デビイのあとをつけていたら、疲れはてて、まったくコンクール用の原稿が進んでいない。

シナリオのコンクールの原稿はここ数年、受賞者の作品が必ず映像化される二つの大きな賞に狙いを絞って応募している。一つは夏、もう一つは年明けが締切だ。

夏が締切のコンクールには今年は応募できなかった。そこで来年の二月末にあるもう一つのコンクールを目指して、これから書いていくつもりだ。ところがここ一ヶ月いろいろ考えてみたが、何を書いたらいいのか、構想がさっぱり浮かばない。

万年筆を手にして、宇藤は原稿用紙に向かう。応募原稿を書くのはパソコンだが、構想を練るときはいつも手書きだ。心に浮かんでくることをペンで無心に書いていると、いつだって何かしらストーリーのアイディアがまとまってくる。

さっそく心に浮かんだ『猫と散歩』、『猫の視点』と書いてみた。『吾輩は猫である』という言葉が浮かんだので、続けて書く。

顔を上げると、カウンターのなかで桃子がコーヒーを淹れていた。そこで『猫と女子をめぐるミステリー』と書いたが、すぐに線を引いて消した。

女の子が主人公の話なんて、無理だ。

『猫とフリーターの交流』。これなら書けそうだ。でも面白いのだろうか。

再び二本線でアイディアを消したら、そのあと何も浮かばなくなった。

不安にかられたが、すかさず『アイディアが浮かばない男』と書く。しかしその文字を見た途端、不安になってきた。

昨年あたりから、こうして無心にものを書いていても、以前のように着想を得なくなった。

なんだろう……。

アイディアが浮かばない男、という文字を再び宇藤は見つめる。

創作の泉というものがあるならば、自分の泉は涸《か》れてしまったのだろうか。まだ一作も世に出ていないのに。

それともこれが才能の限界？

万年筆のキャップをしめたら、指にインクのしみがついた。そのしみを見たら、自分は脚本家になるというより、脚本家になるという夢を追う自分が好きなのではないかという気がしてきた。

そうやって現実と向かい合うのを避けているのではないか——。

「はい、コーヒー」

明るい声がして、目の前にマグカップが出された。

「カップじゃなくて、マグに入れたよ。宇藤さんはお砂糖もミルクもなしだよね」

「そうです」

「おなかはすいてない？」

「すいてません」

「リンゴ、食べない？　おいしいのが届いたの……といっても、加熱するほうがおいしいかな。これからパイの中身を煮るところ」

「いりません、ありがとう」

「なんか私、警戒されてる？」

「してません」

「宇藤さんは私のこと、苦手？」

「そうだとしたら、どうなるんですか？」

桃子が戸惑うような顔をした。ほがらかで明るいこの人は、面と向かって、人に苦手と言われることは少ないのかもしれない。

八つ当たりをしている、と宇藤は自分を省みる。自分が不安になったから、目の前にいるほがらかな人にその不安をぶつけている。

この人は決して怒らないと見くびって――。

どうもしない、と桃子がのんきな口調で答えた。

「どうもしない？」

「宇藤さんは、どうかしてほしいの？」

「いいえ」

「じゃあいいじゃない。私は宇藤さんが気になるから、お節介を焼いちゃうけど。いい？」

はい、と素直に答えてしまいそうになるのを、宇藤は飲み込む。年下か、同年代に見えるが、この人はもしかしたら年上なのかもしれない。

桃子が再び何かを剝きだした。リンゴだった。

「仙石さんが言ってたけど、この間、おだしやへ行ったんでしょ？」

「仙石さんと会長と三人で」

おだしや、いいよね、と桃子が剝いたリンゴを刻んでいる。

「悟郎さんのうどん、私も大好き。あのお店はテイクアウトできるんだよ。うどんはのびるから、おつゆだけね」

「つゆだけをテイクアウトしても……」

それが便利なんだな、と桃子が軽く包丁を振った。

「具合が悪いときとか、二日酔いで何も食べられないときとか、あのおつゆを飲むと生き返るよ。あとは風邪をひいたときね。おだしやのおつゆに生姜《しょうが》をすりおろして、ねぎを入れたの飲んだら、ちょっとした風邪なら吹っ飛んじゃう」

へえ……と言ったあと、無愛想な気がして、宇藤は言い添える。

「おいしそうだね」

「風邪をひきそうになったら言って、作るから」

「今のところは大丈夫」

万年筆のキャップを取り、再び宇藤は原稿用紙に向かう。『風邪をひいたときには、おだしやのスープ』と書いたあと、『食べ物で身体をなおす話』と書いたら、アイディアの泉が再び湧き出る衝動が来た。

食べ物で心と身体を――。

「ねえ、宇藤さん」

桃子の声に浮かびかけていたものが瞬時に消え、かすかに宇藤は苛立《いらだ》つ。

「なんですか?」

「デビイにエサをあげている人の件ね、私、手紙を書いてみたらどうかと思ったんだけど、どうかな?」

「手紙って、どこに向けて?」

「手紙というか、メッセージというか……リボンに書いたらどうかと思って」

リボン? と聞き返しながら、宇藤は万年筆を片付ける。リンゴを剝く手を止めて、桃子が宇藤を見た。

「デビイは首輪代わりにリボンをつけているでしょう。あのリボンにはお店の名前と電話番号が書いてあるの。外で何かあったときに連絡してもらえるように」

「前から不思議に思ってたんだけど、どうして首輪じゃないの？」

「リボンだと簡単にはずれるから。どこかにひっかかったとき、危なくないじゃない」

「そういう理由なんだ……」

　たしかにデビイは狭い生け垣や、高い塀に自在に上がっていた。首輪がどこかにひっかかったら、苦しい思いをするかもしれない。

「それでね、あのリボンにもう一本リボンをつけて、そこにエサをやらないでくださいって書いてみたら、先方がわかってくれるんじゃないかなって」

「いいかもしれないね」

「じゃあ、お店を閉めたら、リボンを作るね。……宇藤さんが探してもエサをやっている人がわからないってことは、デビイはどこかのお家《うち》のなかでエサをもらっているのかもしれないし」

　翌日、デビイのリボンは赤と白の二本になった。赤いリボンには今までと同じ、店の名前と電話番号だが、白のリボンには猫が太ってきたので、あまりエサをやらないでくださいという内容の文が書いてあった。

その日の夕方、デビイが戻ってくると、白いリボンが消えて、代わりに灰色がかったリボンになっていた。そのリボンをほどくと美しい筆跡で「えさのことは承知いたしました、気が付かずにいて、ごめんなさい」と書いてある。

そのリボンは桃子によると、リネンという生地らしい。古びた布地の寂しげなリボンだと思ったが、実はたいそうお洒落《しゃれ》で高価な布のようだ。

再び桃子は白いリボンをデビイにつけ、『ねこみち横丁で世話をしている猫なので、よかったら遊びにきてください』と書き送っていた。しかしそのあと返事はない。デビイが伝言を書いたリボンをどこかにひっかけてしまったのか、それともエサをやる楽しみを奪ってしまったので、気を悪くしたのかと桃子は気をもんでいた。

ところがそれから三日後の夕方、珍しくデビイが店の外でしきりと鳴いている。桃子に頼まれて様子を見にいくと、デビイが店の前に置かれた樽《たる》の上に乗って、何かを言いたげに鳴いていた。その首には赤いリボンにアコーディオンのように畳まれた薄紙が結んである。

樽の横に置かれたベンチに座り、宇藤はデビイの首のリボンをはずして薄紙を広げる。薔薇《ばら》の模様が刷られたその紙には、赤い文字で『たすけて』とあった。

桃子に相談して、ひとまずデビイを桃子の家にあるケージのなかに入れてもらい、宇藤は振興会会長の遠藤に連絡をした。詳細を伝えると、すぐに事務所に行くと返事が戻ってきた。

言葉どおり、五分後に遠藤が現れた。いつもはミリタリー風の服装なのに、今日は黒いスーツに礼装用の白いスタンドカラーのシャツを着ている。続いて副会長の仙石が来て、遠藤の隣に座った。

遠藤と仙石に薄紙と前回のリボンを宇藤は渡す。デビイの首に巻かれていた紙には『たすけて』という文字と新宿区で始まる住所が書かれていたが、肝心の番地のところが破れてわからない。最初はいたずらかと思ったが、わざわざ住所を書いていたところを見ると、やはりデビイが遊びにいっている先で何かがあったようだ。

「ほお」と仙石が声をもらした。

「これは美人さんだな、字がきれいだもの」

リネンのリボンを見ていた遠藤もうなずいた。

「たしかにこれは美人だ」

「僕にはさっぱりわかりません」

「大人になればわかる」

遠藤が今度は薔薇模様の紙を見ている。

「僕はもう三十歳近いですよ、一応大人です」

「まだまだ若葉マークだ。さて……ところでこの薔薇模様の紙はトイレットペーパーのようだな」

「佐々木《ささき》さんもそう言っていました」

「こんな可愛い紙を水に流すのかい？　もったいないな」

それが女心ってやつだろう、と言いながら、遠藤が軽く紙に触れた。

「さて、どうするか。警察に届けるべきか」

「佐々木さんと相談して、僕らも最初は警察に持っていこうかと思ったんです。ただ、いたずらのようにも思えるし」

そうだよなあ、と仙石が腕を組んだ。

「交番に行ったところで、なんと説明したものか考えちまう。猫の首にトイレットペーパーが巻かれていました。『たすけて』と書いてあります……。それだけでは困るよな」

ドアがノックされて、桃子が顔を出した。

おお、モモちゃん、と仙石が目を細めた。

「店はいいのかい？」

「お客様がお帰りになったし、純君が来たから店番をしてもらっています。どうなっていますか？」

「警察に届けるかどうかって考えているところだよ。いたずらかもしれないって、話になって」

「愉快犯ではなさそうな気がする」

遠藤が再度、薔薇模様の紙に書かれた文字に触れた。

「この字は芳香剤の中身か何かをつぶして、爪にとって書いたんだろう……ということは、やっぱり困っているんだよ。トイレ……化粧室で倒れたか、閉じ込められているか。文字がそんなに乱れていないから、病気で倒れたわけではなさそうだが」

この方は住所を書いてたんです、と桃子が訴えるように言った。

「たぶん家に来てほしいんだと思います。一人暮らしか何かで、困っているんじゃないかって。デビイを可愛がってくれてる人だし、他人事《ひとごと》に思えなくて」

デビイにGPSでもつけるか、と遠藤がつぶやいた。

GPS？　と宇藤は聞き返す。

「そんなにびっくりするものでもないだろう。一番手っ取り早いのは、スマホの捜索機能だ。あれはGPSだから……」

「デビイにスマホを背負わせるんですか？　どうやって？」

モモちゃん、と遠藤が桃子を見た。

「ミコのママがこの間、デビイに服を持ってきただろう」

「ありますけど……あれ、実は犬用ですけど」

「あれを急いで加工して背中にポケットをつけて、そこにスマホを入れるというのはどうだ」

ところで、と宇藤はおそるおそる口にする。

「そのスマホ、誰のを入れるんですか？」

遠藤と仙石の視線がほぼ同時にそそがれ、宇藤は口ごもる。

「え、僕の？　やっぱり？」

仙石が軽く背中を叩いた。

「お前さんの仕事、これもコミコミだから」

「マジですか……デビイがどこかに落としていったら、どうしたらいいんだ」

「そのときこそ、ＧＰＳとやらの出番だろ」

向かいに座っている桃子が顔をくもらせた。

「でも、心配だな。デビイの背中にスマホは重いし、大きいです」

そうだな、と遠藤が考え込んだ。

「スマートフォンは電話がかけられるコンピュータだからな。……仕方がない。俺が高性能なやつを供出しよう」

遠藤がスーツの内ポケットに手を入れると、消しゴムのようなものを出した。コンビニのレジの近くによく置かれているミントタブレットの箱のようだ。

フリスクですか？　と桃子がたずねた。

「いや、電話だ。サイズはフリスクと同じだが」

小さいな、と仙石が声を上げた。

「００７が持っていそうだ。その手のものかい？」

「いや、普通のＰＨＳだよ。ストラップにつけられる電話ってコンセプトの製品だ。これならどうだい、モモちゃん」

遠藤に渡され、桃子がＰＨＳを手にした。

「わ、軽い。そうですね、この軽さなら……」

「ＧＰＳ機能はないから追跡はできないが、デビイがこいつを美人のもとに運べば、１１０番も１１９番も、バール追分にも電話ができるだろう」

「でも、それを出したらタッちゃんが困らないのかい？」

まあ、よかろう、と遠藤が苦笑した。

「まずは、この人の安否の確認をしようじゃないか。そうじゃないと俺たち、寝覚めが悪い。ただデビイがこいつを無事に運んでくれるかどうかが心配だな」

「どう転ぶかわからんが、やれるだけのことはやってみるか」

なあ、と仙石に同意を求められ、宇藤はうなずく。

すぐに準備します、と言って、桃子が部屋を出ていった。

十五分後、宇藤は服を着たデビイを抱いて、三日続けて姿を見失った場所へ向かった。

確証はないが、あの手紙を託した人はこのあたりに住んでいる気がする。

「デビイ、頼むよ」

祈るようにして、夜の町にデビイを放つ。ちらりと宇藤を振り返ったのち、黒猫は闇のなかに消えていった。

誰か、と声を上げたのは、今日で何度目になるだろう。

暗がりのなか、トイレの隅で加藤富喜子《かとうふきこ》は膝をかかえる。

この家は昭和の中頃に建てた古家だが、十五年前にリフォームをして、トイレを和式から洋式に替えている。その際にタイルの床をクッションフロアに改装したから、床に腰を下ろしてもそれほど冷たくない。

ただ、トイレの空間は狭い。身を縮めて、便座の前で体育座りをしていると、まるで胎児に戻ったような気持ちになる。

膝をかかえて、富喜子は目を閉じる。

クロちゃんは、トイレットペーパーに書いたあの手紙を届けてくれただろうか。ＢＡＲ追分という店にいる、モモコという人に——。

でもモモコという人に手紙が届いたとしても、ここを見つけてくれるだろうか。仮に見つけてくれたとしても、齢《よわい》八十を過ぎたこの身体はそれまで保《も》つだろうか？

思いはぐるぐるとめぐり、最後は不吉な予感で終わる。

今日の朝、トイレのそうじをしていたら、外に置いておいた掃除機が倒れる音がした。あわててドアを開けようとしたが、ドアノブが動かない。ここ数週間、ドアノブに変なひっかかりを感じていたが、どうやら完全に壊れてしまったようだ。

誰か、と助けを求めたが、家には誰もいない。

夫は二年前に八十二歳で世を去り、半年前には飼っていた猫の「モモ」も他界した。五十一歳になる娘はオーストラリアの人と結婚して、彼《か》の国で暮らしている。昨年、子どもを連れて夏休みに帰ってきたとき、一人暮らしの母親を心配して、娘は警備会社を頼もうかと言ってくれた。しかし費用の負担を考えて断ってしまった。

こんなことなら、警備を頼めばよかった。激しく後悔しながら、何度もドアノブを回したが、動かない。

誰か、助けて、と再び声を上げた。しかし隣はビルの壁で、残暑の熱をはらうエアコンの室外機がうるさく、声はかき消されてしまう。新聞も牛乳配達も今は取っていないし、二週間に一度、頼んでいる食材の宅配は昨日届いたばかりだ。

誰にも気付いてもらえない。そう思ったら、足元から震えがあがってきた。幸いにもトイレなので水は飲めるし、排泄《はいせつ》も不自由はない。しかし見つけ出されるまで、ここで座ったまま眠るのだろうか。そして幾晩眠れば、気付いてもらえるのだろう。先が見えない今、むやみに叫んで体力を消耗するより、冷静になって、じっとしていたほうがいい。すると今度は別の後悔が胸に湧き上がる。

こんなことなら、マンションか雑居ビルにしてしまえばよかった。しかし小さくても、夫との思い出が詰まった家だ。自分の代までは、古くてもこの家で暮らしたいと思ってきた。

便座に座っているのが辛《つら》くなって、床に座ったら、目尻から涙がしみ出てきた。そうやってぼんやりと座っていると、窓の外で音がした。

地窓と呼ばれる、床から続く、明かりと臭気取りの小窓を開けると、猫がいた。二ヶ月前、一体どうやって上ったのか、庭の木の高いところに上ったまま降りられなくなったところを、脚立を出して助けてやった黒猫だ。

ベルベットのような漆黒の毛がとても優美で、あまりに可愛いので、モモのために買いだめをしていたキャットフードをやると、それから猫が遊びにくるようになった。

その黒猫が小窓の外にいる。声をかけたら身体をねじまげるようにして、小窓から入ってきた。うれしくなって、猫を抱きしめていたら、首のリボンが目に入った。

この猫はいつも首に赤いリボンを巻いている。そこには『ＢＡＲ追分』という店の名前と電話番号が書いてある。その店の猫らしい。

三日前、この猫が白いリボンをつけて遊びにきた。そこにはペンで、最近、太ってきたので、あまりエサをあげないでほしいという伝言が書かれており、『バール追分　モモコ』と書いてあった。『ＢＡＲ追分』のＢＡＲはどうやらバールと読むらしい。

バールとカタカナで書かれた文字を見ていたら、英文学を教えていた夫とともに、欧州に旅行したときのことを思い出した。たしかにＢＡＲと書いて、バールと読む国があった。あれはイタリアだったか、スペインだったか――。

そのときのことをなつかしく思ったとき、このリボンにメッセージをつけたら、モモコという人が気付いてくれるのではないかと思った。そこでトイレットペーパーを破り、トイレに置いてあった芳香剤を分解して、メッセージを書き、黒猫に託した。

それはまだ日が暮れる前のことだった。そして今はもう日が落ち、夜になっている。トイレットペーパーを畳んで結わえたものでは、猫が歩いているうちに落としてしまったかもしれない――。

カリカリと小窓をひっかく音がして、富喜子は顔を上げる。

「クロちゃん？　クロちゃんなの？」

窓を開けると、あの黒猫がまたいた。夕方、見たときには着ていなかった、ピンク色の服を着ている。

「クロちゃんはお洋服を着てるの？」

もしかしたら、モモコという人が気付いてくれたのかもしれない。胸に希望が満ちてきて、富喜子は猫を手招く。

黒猫が再び身をよじるようにして、小窓から入ってきた。服を見ると、背中にポケットがあり、ふくらんでいる。

ポケットに手を入れると、白い消しゴムのようなものが出てきた。よく見ると、電話だ。その電話にリボンが結わえてある。小窓と電話の液晶画面からの光を頼りにリボンを見ると、『おでんわください。たすけにいきます。モモコ』とあった。その下には電話番号が書かれている。

「これが電話？　小さい。本当にかかるのかしら」

疑いながらも、富喜子はためしにこの家の番号にかけてみる。

トイレの外で電話が鳴った。

「かかる、かかってる。本当に電話だわ、よかった」

電話があるとなると、モモコに連絡をするより、警察に電話をして救助してもらったほうがいいかもしれない。

しかしその前に、電話を受けとった連絡だけでもしたほうがいいと考え、富喜子はBAR追分に電話をかけた。

すぐに女性の声がした。大丈夫ですか、といきなり声がする。

「モモコです、今、どちら？　おケガはありませんか？」

大丈夫と答えながら、どうしてすぐにわかったのかと富喜子はいぶかしく思って聞く。

心配してたんです、と若い女の声がした。

「PHSの番号だったから、デビイの電話だと思って」

この猫はデビイという名前だったのか。かたわらにぴったりと身を寄せる猫の背を富喜子はやさしくなでる。

実はトイレに閉じ込められてしまったのだとモモコに話すと、住所と名前を聞かれた。猫の足で行ける場所なら近所だと思うので、助けに行くと言っている。ドアノブがまるで動かないのだと言うと、男性のほうがいいかとモモコが聞いた。

見知らぬ男性に入ってこられるのは不安だ。それならば警察に連絡してもらったほうがよいかもしれない。ところが半年前に亡くなった飼い猫のモモとよく似た名前の女の子と話していると、気持ちが安らいできた。

モモコが電話を替わると言い、今度は若い男の声がした。ねこみち横丁振興会というところに勤めている、ウドウという男性らしい。

ねこみち横丁というのは、家のすぐ裏手にある横丁だ。名前は知っているが歓楽街なので行ったことはない。そこの振興会とはあやしげだ。

断ろうと思った。しかしその青年の言葉遣いはたいそうきれいで上品だ。落ち着いた声で彼は、いつからそこにいるのか、身体の具合は大丈夫かとたずねたあと、こちらの不安を見透かしたように、警察に連絡をするかと言った。

「僕でよかったらすぐに行きますけど、もし見ず知らずの者を家に入れるのがご心配でしたら、警察の人に行ってもらうようにします」

落ち着いた声でそう言われると、安心してきた。こうした配慮ができる人なら、信用できるかもしれない。甘いとも思ったが、この猫に関わっている人に悪い人はいない気がした。

「警察じゃなくてもいいです、誰でもいいから……」

誰でもいいというのは失礼だと思い、言い直そうとすると、電話の向こうであわてている気配がした。

「すみません、朝から閉じ込められていたら、疲れもピークですよね。これから警察に行くより、僕が行ったほうが早いかもしれない。じゃあ、行きますから、ちょっと待っててくださいね」

青年の言葉が少しくだけた。丁寧な言葉遣いがくだけたとたんに、若さが香り立つ。モモコといい、ウドウという青年といい、久々に聞いた若者の声は新鮮だ。玄関わきに置いた傘立ての下に、封筒に入れた合い鍵をしのばせていることを告げ、富喜子は電話を切る。

電話を切ったら、クロちゃんが身をすり寄せてきた。あたたかい生き物に触れていると、心が安らぐ。

「クロちゃんの飼い主さんは、若い人たちなんだね」

猫に顔を寄せて話しかけると、ぺろりとなめられた。

「クロちゃんはデビイって名前だったんだ」

デビイの飼い主が助けにくる。そう思ったとたん、安堵《あんど》とともにさびしさが押し寄せてきた。

この家には自分以外、もう誰もいない。愛《いと》しい夫も飼い猫も。

すぐに行くと言った言葉に嘘《うそ》はなく、ウドウという青年はすぐに現れ、トイレの電気をつけてくれた。それからごそごそと音がして、すぐにドアが開いた。到着しておそらく五分もたっていない。

ドアの外には、背が高くてスマートな青年が立っていた。眼差《まなざ》しがさわやかで、思慮深そうだ。

壁や便座に手を付きながら、富貴子はゆっくりと立ち上がる。

「ありがとうございます。ごめんなさいね。でもなんて素早い。魔法のようにドアを開けて」

青年がスマートフォンを指差し、「魔法の小箱がありますから」と答えた。

「検索してみたら、ドアノブが動かなくて閉じ込められた人が大勢いて、対処法が書いてありました」

「まあ、便利な世の中ね。小さなお電話もありがとう」

消しゴムのような小さな電話を返すと、青年が名刺を差し出した。

『ねこみち横丁振興会専従職員　宇藤輝良』とある。

「ねこみち横丁といったら、食べ物屋さんが集まっている場所でしょう。お店で働いているの？」

「いいえ、僕はあの横丁の公式サイトや街の管理を請け負っています」

「珍しいお仕事ね」

宇藤の表情がわずかにゆらいだ。一瞬だがどこか悲しげで、不用意なことを言ってしまったようだ。

宇藤が工具箱のわきに置かれたビニール袋から、小さな水筒を出した。

「あとでササキ……、モモコさんが食べ物を持ってきますが、まずはこれをどうぞ。お吸い物です」

宇藤が水筒付属のコップに注いだ汁を富喜子は口にする。鰹と昆布の香りのあと、風味豊かな味が口のなかに広がり、のどへと落ちていった。

「まあ、なんておいしいお吸い物」

ゆったりと滋養が心身に染みわたっていく。あたたかい汁に身体がほぐれてくると、どれほど自分が身を硬くしていたのかがわかる。

生き返った心地とは、こんなことを言うのだろうか。

「このお吸い物、ほんとおいしい。するすると入ってしまうわ」

「おだしやという、ねこみち横丁のうどん屋さんのスープというか、汁？　うどんつゆ？　です」

「これにおうどんが入るの？」

宇藤がうなずき、「油揚げとねぎも」と言い添えた。

「それはさぞかしおいしい、おうどんでしょうね」

「おいしいですよ。よかったら、ねこみち横丁にいらしてください。バール追分にも」

「バール追分ってどんなお店なの？」

カフェ……と言ったあと、宇藤が少し考えた。

「カフェというより、食堂？　昼間は食事と飲み物を出していて、夜はバー。お酒とつまみだけが出る店です」

「あなたはそこの方？」

「午後の二時から五時の間は、そこにいます」

「働いていらっしゃるの？」

「働いているといえば働いていますけど……」

答えづらそうな顔をしながら、おかわりはどうかと宇藤がたずねた。

「もう少しいただいていいかしら」

宇藤が手を出したので、水筒のコップを富喜子は渡す。

宇藤の中指に青いしみがついていた。なつかしい思いで、富喜子はそのしみを眺める。

「あなたは、ものを書く方？」

「どうしてそう思われるんですか？」

おかわりを注ぎながら宇藤が聞いた。長くて繊細そうな指には煙草と万年筆が似合いそうで、昔ながらの文学青年という雰囲気がする。

「インクのしみが指に」

コップを富喜子に渡したあと、宇藤が自分の指を見た。

「うちの主人もいつも右手の中指にインクのしみがありましてね。洗ってもなかなか落ちないの」

「ものを書かれる方だったんですか？」

「論文をね、そりゃあたくさん書いていましたよ。英米の文学の」

「論文ということは、大学の先生？」

「戯曲が専門でね。いろいろ難しいことを言っていました。私にはさっぱりでしたけど」

宇藤が中指を再び見てから、居間のほうに軽く目をやった。本棚に並ぶ本はすべて夫のものだ。

「僕は物書きの見習いのようなもので……論文は書いたことがありません、卒論ぐらいしか」

「卒業論文を書くなんてすごいことじゃないの」

宇藤は軽くうつむくと、ドアノブの話を始めた。今回は開けられたが、インターネットの情報によると、ドアノブが古くなっているから、交換したほうがよいらしい。

「交換って、どこへ連絡したらいいのかしら。ドアノブの修理はどこへ頼んだらいいの」

「帰って調べてみます。それでまたすぐにご連絡します」

宇藤が工具箱のなかから巻き尺を出すと、ドアノブ周辺の大きさをはかってから、帰っていった。

宇藤を見送ったあと、富喜子は寝室で横になる。トイレにそうじに入ったのが朝の九時すぎ。時計は夜の七時を過ぎていた。

十時間以上、閉じ込められていたのかと思ったら、急に身体のあちこちがだるくなってきた。


呼び鈴の音がして、富喜子は目を覚ました。時計を見ると夜の八時半。あれから一時間半ほど眠っていたようだ。

玄関に行くと、再び宇藤と工具箱を抱えた男が立っていた。そのうしろには大きな目が印象的な女の子が立っている。茶色がかったふわふわした髪をうしろで結わえており、茶《ちゃ》虎《とら》の猫のようだ。

工具箱を持った男は、ドアノブをつけかえてくれるのだという。男二人がトイレに行くと、女の子が肩にかけていた保温箱を開けた。

「加藤さん、おなか、すいていませんか。ご飯を持ってきました、よかったら……あ、その前にご挨拶を」

女の子が名刺を差し出す。『BAR追分　佐々木桃子』とあった。

「あなたがモモコさん」

「デビイがお世話になっています」

「あの猫はあなたが飼っているの？」

「寝るところと、トイレのお世話は私がしていますが、デビイは地域猫なんです」

「地域猫って何？」

「地域全体で猫を飼っているというか……デビイは元は野良猫だったんですけど、避妊手術をして、私や横丁の猫好きたちが共同でエサや寝るところや排泄物のお世話をしています。横丁にはそうした猫が三匹いて、デビイはそのうちの一匹です」

　そうなの、と富喜子はうなずく。

「デビイっていうのね。私はクロちゃんって勝手に呼んでいたのよ。庭に来るのが楽しみで、来たら可愛くて、ついエサをあげてた」

「猫がお好きなんですか？」

「ずっと飼っていたんだけどね、死んじゃって。茶虎の可愛い子でね」

　茶色がかった桃子の髪を富喜子は眺める。モモとモモコ。名前も似ているし、雰囲気も似ている。

　桃子が保温箱から食べ物を出している。

　ご縁があったら、と富喜子は桃子を見つめる。

「また猫ちゃんと暮らしたいと思うけど、この年ではね。猫より先に私はおじいさんのところに行ってしまう」

「ご主人様は……」

「二年前に亡くなりました。主人も猫も逝ってしまったから……私も早く天国に逝ってしまいたい」

そんな……と桃子が口ごもった。こんなことを言われても、若者にとっては返事のしようがないと富喜子は気付く。

つい愚痴を言ってしまった。

桃子がテーブルの上に食べ物を並べた。一口サイズのおにぎりと、黄色い玉子焼き、うるしの器に注いでいるのは味噌汁《みそしる》だ。

「お好みがわからなかったから、シンプルなものを持ってきました」

「何から何まで、ごめんなさい」

「どうぞ、召し上がってください」

小さなおにぎりを食べると、塩だけでにぎった塩にぎりだった。しかし具がない分、塩に引き出された米の甘みが際立つ。

「お米がおいしいわ」

ありがとうございます、と桃子がうれしそうな顔をした。

一口サイズのせいか、次のおにぎりに手が出た。すると食欲がだんだん湧いてきた。

桃子が小さな器を出している。

「だし巻き玉子には大根おろしを添えますか？」

「それは玉子焼きじゃなくて、だし巻き玉子なの？　大根おろし？　うちはそういうものは添えないわ」

断ったものの、単純なおにぎりでこれほどうまいのなら、この子の勧めに乗ってみたくなった。

「でも添えたほうがいいのかしら」

「私は好きです」

「それなら、お願いします」

桃子がだし巻き玉子のわきに大根おろしを添え、醬油を軽くさした。

それで支度が調ったようなので、まずは黄色いだし巻き玉子を箸で小さく割り、ひとくち食べる。ぷりんとした玉子焼きの歯ごたえのあと、豊かなだしの風味が押し寄せ、思わず笑みが浮かんだ。

大根おろしをのせて食べてみる。まだ温かいだし巻き玉子に、ひんやりとした大根おろしが絡んで、口当たりがさわやかだ。そっと嚙《か》むと、大根の軽い苦みと、醬油の味わいがだし巻き玉子に加わり、再び笑みが浮かんだ。

「まあ、この玉子焼きときたら……なんて素敵なだし巻き玉子」

だし巻き玉子の一切れを箸でとり、富喜子は眺める。ふんわりとしているのに、切り口の層が密だ。味も佳《よ》いが、この子の焼き方も上手なのだ。

「気に入っていただけてうれしいです。お味噌汁もどうぞ」

うるしの椀《わん》に入った味噌汁の具は、軽くこがしたねぎと豆腐だった。

塩にぎりと味噌汁とだし巻き玉子。質素な三品なのに、ごちそうを食べた気がする。

「あなたのお店……カフェ？　バール？　そこに行けば、こんなお食事がいつもいただけるの？」

「お昼からの定食は日替わりで洋食もあるんですけど、和食は朝ごはんで必ず出していますす」

「朝ごはんも？　ねこみち横丁って、昔の食い倒れ横丁でしょう？　小さな焼き鳥屋さんや飲み屋さんがたくさん集まった」

「昔はそうだったらしいんですけど、今はカフェや甘いもののお店やアンティークのお店や、いろいろあります」

「知らなかったわ。最近、出歩かないので。私は足が、ね」

ね？　と相づちを求めたものの、猫のモモは知っていても、人の桃子は知らない。あわてて富喜子は言い添える。

「不自由ではないのだけど、ゆっくりとしか歩けないから、最近は外に出ないの。まわりに迷惑をかけてしまうし、突き飛ばされてしまうこともあるし」

「ねこみち横丁は安心して歩けますよ。車が入れないので、いつも歩行者天国だし、こちらのお宅まで大通りを通らなくていい道もあるし。デビイのお気に入りの道です」

「そうなの？　あら、ねえ、それはパイ？」

桃子が保温箱から小さなパイを出している。

「はしりのリンゴでアップルパイを作りました。デザートに一切れどうぞ。リンゴは紅玉。このリンゴは昔ながらのお味って、人気があるんです」

「たしかに紅玉って最近見ないわねえ。昔はよく見かけたのに」

紅色の玉という名前のとおり、この品種は真っ赤でこぶりな実を付ける。このリンゴをバターでソテーしてバニラのアイスを添えたものが亡き夫の好物だった。リンゴの熱でアイスがとろける食感がたまらないのだとよく笑っていた。

「酸味があって、香りがよくて。私、このリンゴが大好きなんです。これが手に入ったときは、わざわざ紅玉リンゴのアップルパイって黒板にも書くほど」

「お店に黒板があるの？　学校みたいね」

おすすめメニューは黒板に書いているのだと、桃子が照れくさそうに言う。はにかんだその笑顔を見ていたら、無性にその店に行きたくなってきた。

桃子が保温箱から今度は小鍋を出した。

「食後にハーブティーと紅茶とコーヒーを持ってきましたけど、何がお好きですか？」

「ありがとう。コーヒーは夜、眠れなくなるから……」

「では安眠のお茶、カモミールのハーブティーはいかがでしょう」

「あら、カミツレのお茶があるの？」

あります、とうなずいたあと、桃子が微笑んだ。

「カミツレのお茶って、すてきな響きですね」

「夫が好きでしてね。私も好きですけど」

とっておきのハーブなんです、と桃子が小さな缶を出すと、コンロで湯をわかしてもいいかとたずねた。どうぞ、と言うと、コロンとした小さな琺瑯《ほうろう》の鍋で湯をわかし始めた。

「ちっちゃな鍋ね」

「バターウォーマーって名前なんです。バターをあたためるときに使う小鍋なんですけど、一人分の飲み物をつくるときに便利で」

桃子が小鍋にハーブを二匙《さじ》落とすと、宇藤たちのあとについていったデビイが戻ってきて、テーブルに飛び乗った。

「こら、デビイ、テーブルに乗ってはだめよ」

「クロちゃん……じゃなくて、デビイね。こっちへおいで」

デビイが富喜子の膝に乗った。その頭をなでると、尻尾をゆっくりと動かしている。

加藤さんが大好きなんですね、と桃子が眺めた。

「デビイは宇藤さんに最近、心許してるふしがあるんですけど、膝に乗るとものすごく爪を立てるらしいんです」

「宇藤さんは午後はバール追分にいらっしゃるって、お料理をなさってるの？」

「いいえ、宇藤さんはその時間は横丁の人から相談を受ける時間にあてているんです。何の依頼もないときはカウンターで勉強をしています……私も宇藤さんもデビイと同じ地域猫みたいなもので」

「お二人が猫ちゃん？」

猫ちゃんみたいに可愛くないけど……と、桃子が保温箱から白いティーカップを出すと、ハーブティーを注いだ。

「私は昼間は閉めているバーの店舗をお借りして、お店をしています。宇藤さんにしても夢があって、それをかなえるために横丁で働いているし。私も宇藤さんも、町の人に居場所を作ってもらえたところは、猫と一緒」

宇藤という青年の夢はなんだろう。中指のインクのしみが好ましくて、富喜子はトイレのほうを見る。

あの青年は、若き日の夫とよく似た匂いがする。

桃子が淹れたカミツレのハーブティーは甘くてすっきりとした香りがした。紅玉のパイの中身のリンゴはふっくらと大ぶりに切ってあり、やわらかく煮られているが、食べごたえがある。

おいしいものを食べ終えたら、満足と安心感が心に深く満ちてきた。

桃子が食べ終えたものを片付けながら、遠慮がちに言った。

「天国に逝きたいなんておっしゃらないで、よかったら、ねこみち横丁にいらしてください。歩くのがお辛かったら、お電話をください。お店が終わったあとでよければ、デビイと一緒に出前をします」

本当? と聞き返したら、宇藤と男が戻ってきた。ドアノブは無事に新品に付け替えられたという。

ドアの修理費の料金を支払うと、男は帰っていった。続いて宇藤と桃子に、夕食代と、今回の手間賃をたずねると、二人とも気にしないでほしいと言う。

「こうしたことも僕の仕事の範囲なので」

「デビイがお世話になっていますから、本当にいいです」

「でも、悪いわ。助けてもらったうえに、こんなにお世話になったのに」

いいんです、と桃子が微笑んだ。

「それより今日はゆっくりお休みになってください」

桃子がデビイを抱き上げると、宇藤が桃子が持ってきた保温箱を持ち、二人と一匹は並んで帰っていった。

たしかにあの子たちは地域猫だと、富喜子は眺める。

猫のようにやさしく、可愛い人たちだ——。


「フッコさんは大丈夫かな？」

桃子の声を聞いて、宇藤は万年筆を動かす手を止める。

ランチの客がすべて帰った午後二時半。厨房のなかでは、アップルパイに添える生クリームを泡立てながら、桃子が心配そうな顔をしている。

「フッコさんって、この間の加藤さんのこと？」

そう、と桃子がうなずいた。

「富喜子さんだから、フッコさん。お夕飯の出前をしているうちに、モモちゃん、フッコさんと呼び合う仲に……宇藤さんも私のこと、みんなみたいに名前で呼んでくれたらいいのに」

「そのうちに」

「そのうちにっていつさ。何時何分何秒？」

少年のように言うと、桃子が泡立て器を持ち上げ、クリームの泡立ち具合を見た。その仕草がなぜか甘く心に刺さって、宇藤は原稿用紙に目を落とす。

「子どもみたいなことを言うんだね」

「宇藤さんは大人なの？」

遠藤に『大人の若葉マーク』と言われたことを思い出し、宇藤は苦笑する。

心配になってきた、と桃子が泡立て器を置いた。

「フッコさんの到着に合わせて、クリームを泡立てたんだけど。転んでたりしてないかしら……ちょっと見てこようかな？」

万年筆のキャップをしめ、宇藤は立ち上がる。

「僕が見てきますよ」

「いいよ、宇藤さん、原稿を書いていたんでしょう」

気分転換、と言って宇藤はドアを開ける。

デビイに先導されるようにして、富喜子が歩いてくるのが見えた。

フッコさんが来たよ、と言ったら、桃子が店から出てきた。手には猫のおやつの袋を持っている。

富喜子が軽く手を振り、店の前に来た。

「来ましたよ、モモちゃん。またあのアップルパイを食べさせてね」

「お天気も良いですし、今日は外のテーブルで召し上がりませんか？　ここでならデビイも一緒です」

　まあ、と富喜子の顔が輝いた。

「なんて素敵。そうさせていただくわ」

　猫のおやつの封を開け、桃子が富喜子に渡している。するとどこからか二匹の猫が現れて、富喜子の足元にすりよった。喜んだ富喜子がベンチに座ると、デビイが膝に乗り、茶虎の猫が右に、三毛猫が左に座った。

　まあ、宇藤さん、と富喜子が目を細めている。

「ここは歩行者天国というより猫の天国ね」

　紅茶とアップルパイを運んで来た桃子に富喜子が声をかけた。

「猫の天国は私の天国。モモちゃん、まだまだ私、おじいさんのところには行けないわ」

　もちろんです、と桃子が紅茶をカップに注いだ。

「いつまでも、いつまでも、お元気で遊びにいらしてください」

　紅茶の香りがあたりにふわりと漂い、富喜子が幸せそうに笑う。その笑顔を見たとき、たしかに美しい人だと思った。

　ねこみち横丁にさわやかな風が吹いてきた。夏の名残を一掃し、次の季節を連れてくるような風だ。澄み渡った空の下、宇藤は富喜子と桃子と猫たちを眺める。

猫が楽しげに暮らせる町。そこは人も暮らしやすい町なのかもしれない。

第2話

オムライス日和

よく晴れた木曜日の午後。ねこみち横丁のゴミ集積所で、宇藤はリヤカーに一人掛けのソファを積む。本来なら粗大ゴミで捨てられるべきものを、誰かが燃えないゴミの日にこっそりここへ置いたらしい。

そのまま置いておくと美観を損ねるうえ、放火などをされるおそれがある。そこで振興会事務所があるBAR追分の裏手にしばらく保管して、管理人である宇藤が手続きをして粗大ゴミの日に出すことになった。

首にさげたタオルで汗を拭きながら、慎重にリヤカーを引く。小さめだがそのソファは見た目以上に重量がある。BAR追分の裏手に下ろしたときには、かなりの汗をかいていた。

タオルで汗をぬぐって、今度は掃除道具を手にする。集積所のそばにはソファのほかにビール瓶も捨てられ、割れた破片がちらばっていた。

箒《ほうき》とちりとりを手にして集積所に戻り、茶色のガラスの破片を集める。ついでに集積所に面した道路も掃除することにした。

小腰をかがめて箒を動かしていると、コツコツと靴音がした。ほこりが歩行者にかからぬように手を止める。

黒いパンプスを履いた、ほどよい肉付きの脚が近づいてきた。茶系のストッキングに包まれたすねが長くて、足が速そうだ。

腰が痛くなってきたので、軽く腰を伸ばしたら、女性と目が合った。まっすぐな黒髪を後ろで一本に束ね、紺のスーツを着ている若い女性だ。

どこかで会ったことがある気がして、宇藤は一瞬、女の顔に目をとめる。相手も何かを感じたのか見つめ返してきたが、歩みを止めずに去っていった。

再び小腰をかがめ、掃除に戻る。するとコツコツというヒールの音が止まった。

「恐れ入りますが……」

少し低めの、甘い声がした。道に迷っているのかと、宇藤は顔を上げる。

「はい、なんでしょう」

「もしかして、なんですけど」

女が控えめに言うと、足早に戻ってきた。淡い色の口紅がとても知的だ。

「あなた、もしかして宇藤さん？　宇藤輝良さん？」

「そうですけど」

やっぱり　と女の目が輝いた。

「やっぱりそう？　覚えてない？　ゼミ……私、植村《うえむら》ゼミにいた、法学部の……」

突然、大学時代に在籍していたゼミの名前を出されて戸惑った。たしかに刑法の植村ゼミにはいたが、こんな人はいただろうか。

「忘れてる？　髪型とか変えたから……私、菊池《きくち》、菊池沙里《さり》です」

「菊池さん？　あ、菊池さん。菊池さん、思い出した」

名前と顔が結びついたら、何度も彼女の名を呼んでしまった。たしかに気が強そうな太めの眉と茶色っぽい瞳には覚えがある。

「思い出してくれた？」

「すみません、ぼんやりしていて」

うれしい、と沙里の顔に笑みが広がった。

「誰ですかって言われたら、すごく寂しくなるところだった」

「覚えてますよ、女子は三人しかいなかったし」

大学時代に在籍したゼミは男子が十二名で、女子は三名という構成だった。女子が少ないうえに、沙里は副ゼミ長だったのでひときわ印象深い。

うれしい、と学生の頃のように沙里が笑う。特別な感情を持っていたわけではないが、親しみがこもった笑顔を向けられ、胸の奥が少し熱くなる。

「宇藤君ったら、全然変わってないね。というか若返ってる？」

「成長してないってことかな」

もう！　と沙里がもどかしそうな声を上げた。

「そういうところも、まんま昔と変わってない。昔から少し悲観的だったよね、シニカルっていうか」

「そんなことないよ」

沙里が眉根をきゅっと寄せて笑った。着実に仕事のキャリアを積んでいる雰囲気なのに、気を許した笑顔が可愛《かわい》らしい。

「宇藤君は今、何をしてるの？」

沙里が一瞬、視線を下に向けた。その視線が箒とちりとりに落ちている。

「掃除中？」

まあね、と曖昧に答えて、宇藤は首にかけたタオルをはずして、後ろ手に持つ。

「もうデビューしたの？　たしか卒業するとき、シナリオライターになるって言ってたよね」

「デビューはまだなんだ」

まだってことは、と沙里が興味深そうな顔になった。

「じゃあ今も書いてるってこと？」

「まあ……そう」

「すごいね、宇藤君。まだ夢を追ってるんだ」

馬鹿にされているようで、返事に詰まる。沙里があたりを見回し、ゴミ集積所の看板を見た。

「ここに住んでいるの？」

「この横丁の管理の仕事を」

沙里が不思議そうな顔をした。

「そういう仕事があるんだ……」

「菊池さんは今、何をしてるの？」

「私？　しがないＯＬ」

「しがなくは見えないけど」

「名刺渡すね」

沙里が黒いバッグから名刺入れを出した。名刺によると、有名電機メーカーの法務部にいるようだ。

「やっぱり法律関係の仕事についたんだ」

「最初は別の部署だったんだけど、去年の異動で今のところに移ったの。ねえ、今度飲もうよ、ゼミの同期で。連絡先教えてよ」

ゼミの飲み会に出たら、今は何をしているのかと聞かれて、また言葉に詰まってしまう。そんな席にわざわざ行きたくない。

「別にいいよ。飲まないし」

そうだっけ？　と沙里が疑うように言う。

「まるで飲まないってわけじゃないよね。こら、宇藤！」

「何？」

素っ気なく答えながらも思った。同級生の女子に可愛く呼び捨てされると、渋々ながらも多少は言うことを聞いてやりたくなるのはなぜだろう。

「面倒だからって、あなた、また人付き合いから逃げようとしてるでしょ。そういうところも変わってないね」

「わかってるなら誘うなよ」

「今度は強気に出ちゃって」

「菊池さんって、そういう人だったっけ」

そうだよ、と沙里が微笑《ほほえ》む。

「宇藤君みたいなタイプは、いたぶりたくなるの」

「なんだよ、それ。電話番号もメアドも変わってないよ」

「だからもう一回教えて」

卒業後に消したであろうアドレスを今さら復活させて何になるのか。でも、もし脚本家としてすでに活動していたら、ためらわずに連絡先を言ったかもしれない。

卑屈になってるのだろうか。

軽く横を向くと、通りの向こうから振興会会長の遠藤が歩いてくるのが見えた。長身にフィールドジャケットとレイバンのサングラスが似合って、ハードボイルド映画の一シーンを見ているようだ。

そんな時間かと、宇藤は腕時計を見る。

今日は遅い昼食を食べながら、仕事の話をしようと遠藤に言われていた。

「ごめん、菊池さん。もう行かなきゃ」

菊池が申し訳なさそうな顔をした。

「私のほうこそ、仕事中にごめんね」

じゃあね、と短く言って、宇藤は沙里に背を向ける。

宇藤君、と声が追いかけてきた。

「私の番号、その名刺にあるから。何かあったら電話してね」

何もないよ、と思いながらも宇藤は振り返る。

靴音高く、沙里は新宿駅の方角に向かって歩き出していた。

バール追分の今日の定食は、コーン入りのクリームシチューとトマトのサラダだった。

店内にはほのぼのと、ホワイトソースの香りが満ちている。

パンとライスは選ぶことができ、パンにすると今日はガーリックトーストにできるという。遠藤がガーリックトーストを選んだので、宇藤も同じものを頼む。

オーダーを終えた遠藤が立ち上がり、カウンターの隅に置かれた日替わりピンチョスの皿の前に立った。

昼間のバール追分にあるこのピンチョスは、薄切りのパンの上に小さなおかずや甘味をのせて爪楊枝《つまようじ》で留めたものだ。一律六十円で、爪楊枝の本数で食べた金額がわかるようになっている。これはスペインの『BAR《バル》』のシステムらしい。

遠藤が生ハムのピンチョスと牡蠣《かき》のオイル漬けのピンチョスを小皿に取った。

「飲みたくなってきた。モモちゃん、ランブルスコはまだあるかい？」

あります、と刻みものをしていた桃子が手を止めた。

「じゃあ、それを一杯」

「先にお出ししますか？」

「頼むよ、君もどうだ？」

酒だと見当はつくが、何かわからぬまま「いいえ」と宇藤は答える。

「僕は水で……ランブルスコって何ですか？」

「そういう名前のブドウで作ったワインだ。赤、ロゼ、聞いた話では白もあるらしいが、ざっくり言えば赤のスパークリングワインだな。飲むかい？」

「気になりますけど、先にまず仕事の話を」

そうか、と答えて遠藤が席に戻ってきた。

「飲む前に仕事の話とは実に佳《よ》い心がけ。ところでさっき、妙齢の美女に声をかけられていたようだが」

「大学の同級生なんです。偶然にそこで会って」

「偶然に？」

「集積所の掃除をしていたら」

「そんな偶然があるものなのか」

ワイングラスを遠藤に渡しながら、桃子が「ロマンチックですね」と言った。心なしか、うっとりとした顔をしている。

ロマンチック？　と宇藤はつぶやく。

「ランブルスコが？　それとも彼女との出会いが？」

「両方。恋の予感がする。赤いワインにはそういう歌があった気が」

桃子の言葉に「古い曲を知ってるな」と遠藤が笑った。

「『ワインレッドの心』か。いや、同じアーティストで『恋の予感』ってのもあったな」

「どっちも綺里花さんのカラオケの十八番です」

そうだった、と遠藤が笑ったが、すぐに真顔に戻った。

「しかし妙だな。偶然に出会った。向こうから声をかけてきた。しかも、なかなかのいい女……あやしいぞ」

「あやしくはないですよ。お堅いところに勤めている人ですから。僕は昔とまったく変わってないって言われたから、わかりやすかったんだと思います」

「相手は変わっていたのか？」

「卒業して五年も経《た》てば変わるものですね」

沙里の笑い方は学生時代と変わらなかった。ただ最初に声をかけてきたときは、いかにも有能な仕事人という印象で、すぐにはわからなかったが。

そうかもしれないな、と遠藤が何かを思い出すような目をした。

「特に女性はそうかもしれない」

クリームシチューのやさしい香りがふわりと広がり、目の間に半月形の盆が置かれた。黄色い深皿にとろりとしたクリームシチューが盛られている。コーンの黄色と深皿の色が調和して、見るからにあたたかそうだ。

いただきます、と言い、宇藤はシチューをスプーンでひとさじ掬《すく》う。口に運ぶとバターとコーンの香りが鼻をくすぐった。

うまいな、と隣で遠藤がつぶやいた。

「ビーフシチューもいいが、クリームシチューも格別だな」

「夏が過ぎると、作りたくなるんです」

「秋冬の味だ」

たしかにそうですね、と宇藤もうなずく。

「涼しくなると僕もシチューが恋しくなります」

シチューに沈んだコーンだけを集めて食べてみた。プチッとしたコーンの歯触りのあと、甘みが広がって幸せな気分になる。今度は鶏肉を口に運んで噛《か》む。ぷるりとした鶏皮の食感に続いて、ジューシーな肉汁とホワイトソースが口中で混ざり、たまらなくうまい。

「鶏肉、おいしいですね、特に皮のあたりが」

「肉も魚も皮のきわがうまいよな」

「僕は子どもの頃、鶏の皮の部分が苦手だったんですけど……」

遠藤と桃子に視線を向けると、桃子が微笑んだ。

「皮の外見が苦手って人は多いよね」

「でも大人になったら、そこが好きになった。今では焼き鳥屋に行くと、鶏皮を頼んでしまう」

「鶏皮の脂はうまいな。しかし鶏というなら、俺はチキンライスも好きだ」

「僕はチキンライスだったら、玉子で包んでオムライスにしてもらったほうが」

「オムライスか……」

子どもっぽいと言われるのかと思ったら「あれは実に佳い」と遠藤が褒めた。

「素晴らしい。帝国海軍ゆかりの料理でもあるし」

オムライスといえば、と桃子がグラスに水を注いだ。

「うちのオムライスにはケチャップとデミグラスソースの二種類を用意して、お客様に選んでもらうんですけど、たまにそこへクリームシチューを入れて三種類にすると、皆さん、ものすごく悩むんです」

「そのシチューがけオムライス、僕はここで初めて食べたんですけど、たしかに合いますね。最初はシチュー？　と思ったのが、今ではオムライスにかけるのはクリームシチューが一番好きかもしれない」

「ホワイトソースが合うんだろうな、たぶん……」

ガーリックトーストを噛みながら、遠藤がランブルスコを飲む。

「オムライスの玉子を焼いたバターと、ホワイトソースのバターの香りが共鳴して、心にグッとくるのではないか」

「バターが心をグッとつかむってこと？」

「おそらく。玉子や乳製品ってのは、何を食ってもうまいよな……おっと」

遠藤が空になったワイングラスを見た。

「そろそろ仕事の話をするか。今日来たのはほかでもない」

「フリーマーケットのお話ですか?」

ねこみち横丁では秋の週末に、『ねこみち感謝祭』というイベントをするそうだ。その折に振興会では、加盟店の人々が提供した協賛品や、まだ使える古物をフリーマーケットで安く売るらしい。

「その話もしたいが、さしあたってはこっちだ」

遠藤がサインをするような仕草をした。

「書く仕事? 公式サイトの話ですか?」

「厳密に言えば……モモちゃん、ロマンチックをもう一杯」

「了解です」

桃子がワインの入ったグラスをカウンターに置くと、空のグラスを下げた。グラスのなかにはワインレッドの気泡がやわらかく立っている。

「うちのサイトの話じゃなくて、俺の飲み仲間の話だ。『新宿・花日和《はなびより》』という女性向けのフリーペーパーを出している編プロの代表がいるんだが」

「編プロというのは、編集プロダクションのことですか」

「そうだ。そこで今、書ける人を探していてな」

「何を書ける人でしょう?」

「女心をくすぐる文さ。うちの公式サイトの文は女性を意識したんだと自慢をしたら、そのライターに会いたいって言うんだ。場合によっては仕事を頼みたいらしい」

「それはありがたいですが、でも……」

編集プロダクションと聞いて、宇藤は少しためらう。

「僕はライターといってもウェブしか経験がなくて。紙の仕事をしたことがないんです」

「カミノシゴトってなんだ？」

「印刷物になるもの……つまり本や雑誌の仕事をしたことがないんです」

「ウェブと紙とで何か違いがあるのか？　それも含めて一度、話を聞いてみてくれ。これが名刺だ」

名刺を見ると「きしだ企画　『新宿・花日和』編集長　岸田怜《きしだれい》」とある。

編集者と仕事の話をするのは初めてだ。そうした人たちの要望に応えられるような仕事ができるのだろうか。しかし、もし書いたものが掲載されるようになったら、何をしているのかと人に聞かれたとき、フリーライターの仕事もしていると答えられる。

遠藤に礼を言って、ガーリックトーストを口に運んだ。バゲットにしみたオイルとニンニクの香りをかいだら、気持ちが明るくなってきた。

編集プロダクション「きしだ企画」は新宿御苑《ぎょえん》に隣接した雑居ビルの一室にあった。編集長の岸田怜は遠藤の飲み仲間と聞いていたので、年配の男性かと思っていたら女性だった。

ソファの向かいに座った怜が、これまで宇藤が書いてきた原稿に目を通している。その姿を見ながら、何歳なのだろうと考えた。

ショートヘアにダイヤモンドのピアス、胸元が深くV字に切れ込んだ黒っぽいドレスに同じ生地のジャケット。短い髪が顔立ちの怜悧《れいり》さを強調しているが、体にぴったりと添うドレスはひたすらに色っぽい。外見を見れば三十代から四十代。しかし声と物腰はかなり落ち着いていて、五十歳前後の可能性もありそうだ。

怜がつくっている「新宿・花日和」は女性向けに隔週で発刊しているフリーペーパーで、カフェやエステ、美容などの情報や読み物、広告を掲載しているという。このほかにも男性向けのフリーペーパーや業界紙の仕事を各種、請け負っており、編集部員は怜のほかに二人。そのほかにフリーランスの編集者とライターが多数、契約しているらしい。

「うちで仕事をしているライターは新聞出身と雑誌出身がいるんだけど」

原稿を読み終えた怜が足を組み替えた。長くきれいな足の先にはエナメルのハイヒールがあり、一瞬ちらっと見えた赤い靴底が艶っぽい。

「ウェブ出身の人は初めてで見当がつかない。あなたはどっちなんだろう」

「どっち、というのは、何ですか」

「新聞育ちと雑誌育ちは記事の書き方が違う」

「どう違うんですか？」

「うちに限って言えば、新聞記者からフリーになった人が書く原稿には情報量が多い。限られたスペースのなかに最大限の情報をきっちり入れてくる。それゆえに箇条書きみたいになる傾向がある。それから原則として、取材対象に自分が書いた原稿を見せない」

「雑誌で仕事をしていた人は？」

「雑誌育ちは情報量よりも、読み物としての面白さを重視する。すべての情報ではなく、一番訴えたい情報を中心に書く。原稿は取材対象に見せて確認を求める。万が一、問題があったときに、先方が目を通していると、リスクを分散できるから」

怜が一息つくと、お茶を飲んだ。

「情報量の豊富さでいえば新聞育ち、読み物としての面白さなら雑誌育ちが強い。あなたはどっちが得意なの？」

「どちらとも考えたことがないです」

「今は何を書いてるんだっけ」

「脚本です」

「映像の？　雑誌の仕事は？」

「初めてです。僕はどちらで原稿を書いたらいいんですか。新聞？　雑誌？」

「書き分けられるほどの腕があるの？」

怜の視線が厳しい。思い上がった発言をした気がした。

「すみません……わかりませんけど、頑張ります」

怜がソファから立ち上がると、窓際にある大きなデスクに向かった。黒縁の眼鏡をかけ、パソコンの画面を見ている。

「そうね、取材は今、人が足りているわ。じゃあ、まずは何本か書いてきてもらおうか。千字でエッセイを五本」

「エッセイ……書いたことがない。すみません、どんな内容で書いたらいいんですか？」

「カフェ、スイーツ、新宿で一息つけるところ。この街で考えたこと、この街で出会った人々。ネタはなんでも。女性読者を意識してもらえれば。できがよければ連載を検討しましょう」

「連載？　僕がエッセイの？」

「面白ければ、の話よ」

「どうしてそんないいお話を」

「あなたがうちで継続して署名原稿を書くなら、ねこみち横丁振興会が広告を出すと言っている。もしエッセイの連載が始まるなら、おそらくそこのページに入るから、通しのタイトルは猫がらみがいいかな。『ねこみち便《だよ》り』とか」

「『新宿猫』とか？」

「それ、気の利いたジョークのつもり？」

冷たい視線を向けられ、背中に汗が噴き出してきた。

「いいえ……すみません」

「失礼だけど、あなたは学生気分がまだ抜けていないみたいね。なんでも『すみません』で済ませるのではなく、『失礼しました』、『恐れ入ります』、『申し訳ありません』。社会人ならその場に応じて使い分けましょうよ。ものを書く人なら、なおさらに」

すみません、と言いかけるのを瞬時に呑《の》みこみ、宇藤は別の言葉を探す。

「ありがとうございます、気を付けます」

怜がかすかに微笑んだ。

「まずは五本書いてきて。原稿はデータでやりとりするけど、あなた、手書きはする？」

「下書きは手書きが多いです」

「原稿用紙がいちおうあるけど、持っていく？」

怜がデスクの引き出しを開けると、一束の原稿用紙を出した。『新宿・花日和』の文字が左下に入った二百字詰めのオリジナルの原稿用紙だ。

「二百字詰めですか」

「珍しい？　この業界は昔から二百字よ。原稿用紙といえば普通は四百字詰めをさすけどね」

「シナリオも二百字なんです。ペラ《二百字》は使い慣れています」

ふうん、と怜がデスクの下を見た。

「私の父も最後まで手書きだったけど、今はもう誰も使わない。あなたが使うなら箱単位であげる」

「本当ですか？　うれしいです」

二十分後、箱詰めされた原稿用紙を宅配便で送る手続きをして、宇藤はきしだ企画が入ったビルを出た。

エッセイを認めてもらえれば、隔週で連載ができる。千字で話をまとめる技術は脚本にも役立つに違いない。なによりも怜から提示された原稿料が予想より高く、毎月、現金収入が確実に得られるのもありがたい。

しかし……と宇藤は悩む。エッセイとはどうやって書くのだろう。そもそも何を題材にしたらいいのか。

不安になってきて足を止めたら、生野菜のジュースを売る店が目に入ってきた。これもエッセイの題材になるかもしれないと思い、店に入ってみる。

アシタバが入った緑色のジュースをジョッキで飲みながら、スマホで「エッセイ　書き方」と検索してみる。出てきた検索結果を見て、参考になりそうなサイトで書き方について調べたあと、ふと「菊池沙里」と検索窓に入れてみた。

すぐに沙里のフェイスブックとツイッターが出てきた。好奇心にかられて閲覧をしてみる。すると今度の日曜日に大学のサークル仲間の結婚式に出席すると書いてあった。ツイッターを見ると、新婦の友人たちの余興として歌を歌うらしく、そのために昔のサークル仲間と集まって練習をしているそうだ。

見なければよかった。

後悔しながら、野菜ジュースを飲み、再びエッセイの書き方について調べてみる。

人とくらべても仕方がない。わかっているのだが、あらためて自分は何もかも人より出遅れているのだと痛感した。


日曜日の午後、大学時代に所属していたテニスのサークル仲間の結婚式に、菊池沙里は出席していた。銀座の有名ホテルで行われているこの披露宴は、新郎、新婦の実家が手広く事業をしている関係で、これまで出席した式のなかで、もっとも豪華で招待客の数も多い。延々と続く招待客のスピーチに退屈しながら、伊勢海老《いせえび》のテルミドールを食べていると、隣の席の大内佳奈《おおうちかな》が小声で言った。

「ところで、どうだったの、宇藤君。やっぱ、本人だった？」

「宇藤君？」

ナプキンで唇を押さえ、沙里は白ワインのグラスに手を運ぶ。

「本人だった。昔のまんま。学生時代とまったく変わってなかった」

「それっていいことなのかな？」

「いいことなんじゃない？　老けるよりは」

言えてる、と佳奈が笑ったとき、かすかに目尻にしわが寄った。同じように自分も最近、目尻のあたりに少しの変化を感じている。

去年あたりから、肌が乾きやすくなり、疲れが顔に出るようになってきた。これまではずっと右肩上がりで生きてきたけれど、身体的にはそろそろゆるやかに下降が始まるようだ。

それにしても、よく会えたね、と佳奈が感心している。

「沙里って引きが強い。宇藤君はねこみち横丁の人たちのブログやフェイスブックには頻繁に出てくるけど、街なかでばったり会うのって難しいと思うのに」

「新宿に行く用事があると、そのたびにねこみち横丁をチラチラと見てたから」

それでもなかなか、と佳奈がしみじみと言い、赤ワインを飲んだ。

「でも考えようによっては私たち怖い人たちだよね。宇藤ウォッチャー、宇藤ストーカー？　でもね私、宇藤君……やっぱり宇藤さんって呼んでしまうけど、あの人にほんと憧れてたんだ」

「知ってる。もう何度も聞いてる」

子供服のメーカーに勤めている佳奈は文学部出身で、法学部にいた宇藤輝良とは本来なら接点がない。しかし佳奈は大学時代に脚本家を志しており、宇藤と同じシナリオ学校に通っていた。そこでの宇藤は年間最優秀賞を二年連続で獲っている優秀な受講生で、『デビューにもっとも近い男』として、一目置かれる存在だったらしい。

その宇藤の話題が二人の間で出たのは三週間前のことだ。

沙里のマンションで佳奈と今日の余興の打ち合わせをしていたとき、新婦が写っている学生時代の写真が何枚か必要になった。そこで出した写真データのなかにゼミの飲み会の写真がまぎれていた。そこでの宇藤は最後列の隅で控えめに写っている。それを見た佳奈は「信じられない」と軽く驚いていた。当時のシナリオ学校で同じように飲み会をしたら、誰もが宇藤を最前列の中央に押し出したはずだという。

そこから宇藤の話で盛り上がり、今は何をしているのかと二人とも気になった。そこで「宇藤輝良」とスマホで検索してみた。

するると新宿の「ねこみち横丁」と呼ばれる場所の公式サイトに、宇藤の名前があった。そのほかにも横丁の店のブログやフェイスブックのいくつかに、宇藤の名前が出ている。

どうやら宇藤がいる町ではこれから「ねこみちフリーマーケット」というイベントをするらしい。そのために宇藤は加盟店から、日々、協賛品を集めているようだ。「ミコ」という甘味屋のブログには「我らが横丁のイケメン、宇藤クンがフリマに出す茶簞笥《ちゃだんす》を取りにきてくれました」とつづられ、青年がリヤカーを引いている後ろ姿の写真がアップされていた。

宇藤さん、何してんの……と佳奈は嘆いていたが、その写真の宇藤の背中は凛《りん》としている。それ以来、何度もその写真を眺めているうちに、振り返ってくれないかな、と思うようになっていた。

ゼミで一緒にいた頃の宇藤は男子とは話すが、女子とはあまり話をしない人だった。それでいて細かなところに目が行き届き、ゼミの飲み会の際に冷房の風が当たって冷えると思っていたら、さりげなく席を替わってくれたことがある。

三ヶ月前に別れた恋人との復縁話が持ち上がり、今、心が揺れている。そうした最中で見る宇藤の広い背中は、とても誠実そうで頼もしい。

気が付けばことあるごとに新宿付近へ行く用事を作り、かすかな期待を抱いて、ねこみち横丁界隈《かいわい》をのぞくようになった。好きなテレビドラマの舞台となった場所を見にいくファンのような心境だ。

司会者が新婦友人を呼ぶ声がした。沙里は佳奈とともに立ち上がる。

ようやく出番だ。

サークルの同期、後輩とともに高砂《たかさご》近くのマイク前に立ち、女性六人で木村カエラの「バタフライ」を歌う。曲に合わせて、新婦の大学時代の写真がスライドで大きなモニターに流れだした。高砂にいる新婦がスライドを見上げて涙ぐみ、その彼女を新郎がやさしく見守っている。

その姿を見ていたら、大阪にいる元恋人、浜谷透《はまたにとおる》のことを思い出した。

透は勤務先の電機メーカーの同期で、交際を始めて五年目。そろそろ結婚を意識していたのだが、去年の人事異動で透が大阪支社に転勤となった。それからしばらく遠距離恋愛を続けていたが、三ヶ月前にフリーメールで、透が大阪支社にいる女性と交際しているという匿名の連絡を受け取った。問い詰めたところ、あっさりと認めたので別れた。相手は昨年入社したばかりの二十三歳の女性だ。

言いたいことはたくさんあった。しかし黙って身を引いたのは、嘆けば嘆くほど、透が自分のことを二人の女に取り合いをされるほどの男だと自己陶酔しそうな気配を感じたからだ。あまりに淡々と別れ話を進めたので、「沙里にとって俺はその程度の男だったのか」と泥酔した透が電話をかけてきたが、「二股かけるようなクズはいらない」と言って電話を叩《たた》き切った。

その言葉に嘘《うそ》はないのだが、五年の歳月の間には楽しい思い出も数多く、未練は残っている。別れてからは日課のように毎日、相手の女のフェイスブックやツイッターといったSNSを見るようになった。星印で目隠しをしてあるが、そこには透との写真や、彼のために作った手料理やスイーツがあげられており、その熱愛ぶりはこちらが恥ずかしくなるほどだ。

ところが先月の終わりに、透が後悔とわびの想《おも》いをつづった手紙を送ってきた。別れたことであらためて沙里のやさしさと愛情が痛いほどにわかり、その沙里にクズと軽蔑されたまま生きていくのは辛《つら》すぎるという。

手紙の最後には、できることならその汚名を返上して償いたい、そしてもう一度やりなおすチャンスをくれないかと書いてあった。一字、一字、丁寧に手で書かれた文章に激しく心が揺れた。さらに、透がその週の土曜日に上京し、沙里のマンションに来た。

家に入れたら冷静な判断ができない気がして、近所のカフェに行って話をした。そこで大阪の彼女のSNSを見ていることを伝え、再び同時進行で恋愛をするつもりかとなじると、あれは嘘だらけだと透は訴える。本当はいつもケンカばかりしているのに、彼女はネット上には熱愛ぶりを毎日、書きつづるのだという。それが怖くて別れたいらしいのだが、なかなかうまくいっていないそうだ。そして自分の愚かさゆえに遠回りをしてしまったけれど、沙里が許してくれるなら、結婚して二人で家庭を築いていきたいのだと語った。

しばらく考えさせてほしいと言って、今も返事に迷っている。大阪の彼女のSNSには恋人との別れの気配は微塵《みじん》もなく、どちらかが嘘を言っているようだ。

気持ちが揺れると、インターネットで見た、凜とした宇藤の背中を思い出す。

彼に相談したら、何と答えるだろう。もっとも女性に奥手なあの人にこんな話をしたら、透ともども軽蔑されてしまうかもしれないが――。


余興の歌が終わった。拍手のなか、佳奈とともに沙里は席へ戻る。

大成功だったね、と佳奈がうれしそうにミネラルウォーターを飲んでいる。

「佳奈……変なこと聞くけど」

「何？　何か私、ミスった？」

「ううん、歌は完璧。あのね、本当に変なことを聞くけど、佳奈は今もシナリオを書いてる？」

全然、と佳奈が水のグラスをテーブルに戻した。

「才能がないってわかったし。それを見極めるのも才能のうちと思ってる。だってあの宇藤さんでさえ、デビューできてないんだよ」

「書き続けてたら、日の目を見ることってあるのかな」

どうだろう、と佳奈が少し目を伏せた。

「どの業界も同じだろうけど若い感覚を欲しがってるから、三十過ぎると辛いと思う……

ってのは私たちもおんなじか。二次会の話、聞いた? ねえ、みんな」

丸テーブルに座っている後輩の女子たちが身を乗り出した。

「なんですか、佳奈先輩」

「二次会に来る新郎の友だちと同僚は、超ハイスペック、超、優良物件揃《ぞろ》いらしいよ」

マジですか、と後輩たちが声を上げた。その華やぎのなかで沙里は思う。

不実な男に振り回されるより、新しい誰かを見つけようか。

三十歳まであと少し。若者としての旬は、もう過ぎているのかもしれない。


誰よ、あんなガセネタを流したの! と佳奈が怒っている。

夜の十一時半、バー追分のカウンターで沙里はあわてる。

「佳奈、声が大きい」

「でもさ、怒らないではいられない。そうでしょう? 何、あの二次会。チャラい男ばかりで、だから……」

「佳奈、声を小さく。飲み過ぎだよ。お水、いただく?」

しなやかな身体《からだ》をした青年が目の前にそっと水のグラスを置いた。彼と目が合った佳奈は姿勢を正すと、小声で礼を言った。

静かに青年が去っていき、他の客にも水を出した。その奥では白髪のバーテンダーがシェーカーを振っている。

びっくりした、と佳奈がつぶやいた。

「何、あれ。すごいきれいな子。一気に酔いがさめた」

「入ったときから、いたよ」

「マジですか。私はどこを見てたんだろう」

披露宴のあとの二次会はあまり盛り上がらず、早々に切り上げてサークルの仲間たちだけで軽く酒を飲んだ。今日はそこで解散をしたのだが、まだ飲み足りないという佳奈と一緒にねこみち横丁に来たのが三十分前。

横丁のうどん屋のブログによると、宇藤は二時から五時の間、このBAR追分のカウンターにいるらしい。

いいお店、と小声で佳奈がつぶやいた。

「ねえ、沙里。宇藤さん、ここで何をやってるんだろうね？　昼間にいるっていうのは……すみませーん」

佳奈の声に白髪のバーテンダーが近づいてきた。あたたかい目をした人だ。

「このお店、お昼もやってるんですかぁ？」

「昼間はバール追分として、定食やコーヒーを出しています」

「そうですか、ありがとう。あと、ノンアルコールの何かいただけますか」

「今夜は季節の果物として桃、梨、葡萄《ぶどう》がございます。そのいずれかをアレンジしたフレッシュジュースはいかがでしょう」

葡萄をください、と言ったあと、佳奈が小声で言った。

「ねえ、沙里、つまりこの店は二毛作ってことなんだね」

「二毛作って何？」

「そういう形態の店、はやってるの。昼はしょうゆラーメンで、夜はとんこつラーメンとか、平日はパン屋で週末はケーキ屋みたいな。宇藤さん、昼間は鍋を振ってるのかな」

「まだ書いてるって言ってたよ」

歌みたい、と佳奈が夢見るような表情になった。

「人ごみに流されて私はどんどん変わっていくけど、あなたはずっと変わらないでって。ああ……」

酔った佳奈がカウンターに顔を伏せた。突っ伏した背中越しに佳奈の二つ隣にいる長身の男と目が合った。同じく結婚式帰りなのだろう。ブラックスーツにウイングカラーのシャツのボタンを二つはずした姿で透明な酒を飲んでいる。年配の男性だが、はずしたボタンの奥に厚い胸板の広がりを感じて、なぜか顔が赤くなった。酔っているのだろうか。

そのいぶし銀のような男が酒を飲みながら、スマホを触り始めた。

カウンターに顔を伏せたまま「宇藤さんはぁ」と佳奈がつぶやく。

「まだ書いてるんだ。あきらめてないんだ。偉いなあ……私はダメだった。自分を信じきれなくて」

佳奈が起き上がった。

「すごかったんだよ、彼。うちの教室では十分のドラマを書いてきて、みんなの前で読みあげるんだけど、彼の発表のときは他の曜日の教室の子まで来てギャラリーが多かった。面白かったし、それに少しイケメンじゃない？」

「どんなの書いてたの？」

「なんでも。時代劇っぽいのも、ミステリーっぽいのも」

「そんなに書けるのになんで文学部に行かなかったんだろう。あの人、法律の解釈も討論も苦手そうだったよ。ゼミで討論しても、すごくふわっとした、見当違いなことを言うの」

「沙里のゼミってなんだっけ」

刑法、と答えて、沙里は水を飲む。

「そこそこ競争率が高くて、みんな法律職か国家公務員志望の人ばかり。どうしてあの人がゼミに入れたのか、それも謎」

「ゼミの入室試験で燃え尽きたとか……ていうか、なんで我が文学部に来なかった。宇藤！　詰めが甘いんだよ」

でも脇は甘くないんだよな、と佳奈がなつかしそうな顔をして水を飲んだ。

「私を含めて、シナリオ学校でけっこうな数の女子が隙あらば彼に告《コク》ろうとしてたけど、つけいる隙を見せないというのか鈍感なのか、恋愛フラグをぼきぼき折りまくり。真面目《まじめ》なのかな、恋愛に興味ないのかな」

「そっち方面、疎いのかもね」

軽くむせるような声がした。佳奈が会話を止め、声がしたほうを見る。ごま塩頭の別の年配者が恥ずかしそうな顔をして口元をぬぐうと、携帯電話をいじり始めた。

でもいいかも、と佳奈がしみじみとした表情になった。

「人気イケメン脚本家の妻。いいかも」

「女優と浮気しないかな？」

「そこまではあの人、格好良くありませんから。そもそも草食だしぃ。でも、その前にデビューできずにヒモになる可能性のほうが超高そう」

「佳奈、酔ってる？　ものすごく」

「酔ってる、酔ってるぅ。あっ」

「何？　変な声出さないでよ」

佳奈が真顔になると、身体と背もたれの間に置いたミニバッグに手を突っ込み、スマホを出した。

「あ、彼ちゃまから。今、新宿……すぐそこ。迎えにきてくれるって」

「えっ、そうなの？　迎えにくる？」

佳奈は恋人と帰ってしまうのか。急に取り残されてしまった気がした。

バーのドアが開いた。

「はやっ！　もう来た」

佳奈が喜んでドアのほうを見る。その視線につられて入口を見たとき、ばつの悪さに沙里は目を伏せた。

静かな表情で、宇藤がスマホを手にして立っている。悲しげにも見えるその顔を見たら、悪いことをしてしまったと後悔した。


佳奈が彼氏に伴われてバー追分を出ていくと、店は静かになった。自分たち二人がこの店の空気を乱していたことがひしひしと感じられ、沙里は黙ってシェリートニックを飲む。

隣で宇藤はグラスのふちにライムが飾られた酒を飲んでいる。ジントニックに見えるが、よくわからない。白髪のバーテンダーとの「いつもので」という会話で酒が出てきたから、やはり宇藤はこの店と馴染《なじ》みが深いのだろう。

あやまりたい。しかし何に対してあやまっているのかと宇藤に問われたら、うまく答えられない。

黙ったままでいるのが気まずくて、沙里は口を開く。

「さっきの女の子、佳奈さん、文学部の大内佳奈さんって知ってる？　アパレルの会社に勤めているんだけど」

「悪いけど、知らない」

「知らないよね。彼女は宇藤君のことを知ってるけど。同じシナリオ教室にいたんだって。……何か言ってよ」

菊池さんが……と宇藤が言い辛そうに名前を呼んだ。

「菊池さんがここに来たのは偶然？」

「ブログで見たの。今日はサークルの友だちの結婚式で……。宇藤君のことが話題に出て、佳奈ちゃんと検索したら、ここにいるって話が誰かのブログにあって」

「それで？」

「それで……それでね」

こんなふうに再会したくなかった。この店の客は常連が多いのかもしれない。そうなると佳奈との赤裸々な会話は、いずれ宇藤の耳にも届くだろう。

「私、帰るね」

そそくさと精算を終えて立ち上がると、足元がふらついた。高いヒールを履いているせいなのか、酔っているせいなのか。その両方かもしれないと思いながら、二次会のビンゴで当たった大きな熊のぬいぐるみが入った袋に手を伸ばす。こんなにかさばる景品を用意するとは、本当になんて気が利かない幹事だろう。

袋を持とうとしたら、目の前から消えた。

持つよ、と宇藤がぬいぐるみの袋を手にしている。

バーのドアを開けると、横丁のにぎわいが流れ込んできた。左右に店が建ち並ぶさまは、神社の参道のようだ。車が一台入れるか入れないかの道幅に、街灯と店からこぼれる光が重なって、とても明るい。そのなかを何度も写真で眺めた、凜とした背中が歩いていく。

触れてみたいな。

だけど、もう駄目だ。

三日前に会ったとき、宇藤は少し好意を持ってくれた気がする。でも今、はっきりと感じるのは拒絶と嫌悪だ。

当たり前か、と思いながら、ゆっくりと歩く。女友だちとのトークの気安さで、ずいぶんひどいことを言ってしまった。細やかなところに目が届くこの人は、おそらくその気配を敏感に察しているのだろう。

宇藤が振り返ると、足元に目を落とした。

「大丈夫？　それで歩けるの？」

「歩けなかったら？」

「リヤカーがあるけど」

お姫様だっこをしてほしいとは思わない。背負ってくれとも言わない。しかしリヤカーに乗せられるのはいやだ。

「大丈夫。どうしても辛くなったら、靴を脱ぐから」

宇藤が歩調をゆるめると、隣に並んだ。

「電車は何線？」

「小田急線」

「終電には間に合わないかも。誰かに迎えにきてもらったら？」

「誰もいない」

「それならタクシーか。通りに出ようか」

横丁を出ると、大通りへ向かって二人で歩いた。ゆったりとした歩調に宇藤の気遣いを感じる。もし自分が恋人だったら、この人はどんなふうに対応してくれるのだろうか。

「宇藤君、私、タクシーのお金が足りないかも」

「貸すよ。そこにいて」

宇藤が歩道から通りに出ると、近づいてくるタクシーに手を挙げた。

その背中を見たら、ふりしぼるような声が出た。

「泊めて、宇藤君」

「止めるから、そこで待ってて」

「違うの、違うんだったら」

ハイヒールを脱いで走り、沙里は宇藤が挙げていた腕をつかんで下ろす。

「車じゃないの、泊めて、宇藤君ちに」

なんで？　と宇藤がうろたえている。つかんだその腕にそっと身を寄せると、涙がこぼれてきた。

「悲しいから……私、悲しいの、宇藤君」


宇藤が暮らす部屋は、ＢＡＲ追分の二階にある「ねこみち横丁振興会事務所」の奥にあった。

ドアを開けると広めのキッチンと八畳ほどのリビングがあり、ソファのセットとテレビが置かれていた。ここが振興会の事務所のようだ。リビングに面してさらに二つの部屋があり、宇藤の部屋はそのうちの一つだった。階下はちょうどＢＡＲ追分のカウンターや通路になる。

八畳のリビングのソファに座り、沙里はうなだれる。頭上で宇藤が暮らしているとは知らず、その真下で佳奈と一緒に彼の噂《うわさ》をしてしまった。それを思うと、自分のまぬけさに嫌気がさしてくる。

顔を上げると、宇藤がベッドのシーツを替えているのが見えた。それを見たとたん、自分から泊めてほしいと言ったくせに恥ずかしくなってきた。

宇藤が交換したシーツを持って部屋から出てきた。そのままリビングを突っ切ると、洗面所へ歩いていく。

宇藤君、と声をかけたら、「何?」と怒っているような声がして、宇藤が戻ってきた。

「リモコンを渡しておくよ。これがテレビ、この二つが照明、これがエアコン」

テーブルの上に次々と四つのリモコンが置かれた。

「洗面所にタオルが置いてあるから。トイレもシャワーも自由に使って。ベッドは固いけど、シーツを替えてあるからそれで勘弁して」

「宇藤君はどこで眠るの?」

下で、と言って宇藤が階下を指差した。

「下に畳の部屋があるから」

「あのバーにそんな部屋があるの?」

「奥のほうにね。困ったことがあったら、バーに電話して。上がってくるから」

じゃあ、と宇藤が立ち去ろうとしたので、リモコンに手を伸ばして部屋の照明を消す。暗がりのなかで、「菊池さん」と声がした。

「いい加減にしないと、俺怒るよ」

「ねえ……宇藤君はどうして私を泊めてくれる気になったの?」

「泊めろって言っておいて、そんなこと聞く?」

「誰でも泊めるわけじゃないでしょ。何かを期待していいの? 宇藤君も何かを期待していいのよ」

「何言ってるんだか、よくわからないよ」

もてあましているような、ため息が聞こえた。

「悲しいって言ったから、菊池さんが」

「そんな理由で?」

宇藤はどこにいるのだろう。窓のないこの部屋であかりを消したら、すべてが闇のなかに沈んでしまった。

「ねえ、そんな理由で、宇藤君?」

宇藤が再びため息をついた気配がした。

「菊池さんみたいにきれいで賢くて、何もかも思いどおりにできる人が悲しいなんて、ざまあみろ。そう思ったから部屋を貸す。それでいい?」

「ざまあみろとは思ってないけど、無性に悲しいよ」

目が少しずつ闇になれてきた。宇藤がどこにいるのかはわからないが、明るいときより、近くに感じる。

「どうして宇藤君まで悲しいの？」

「あのゼミのなかでもすごく優秀な人だったのに。ベージュピンクのドレスを着て、このうえなく幸せそうに見えるのに。それでもどうにもならないことがあるなんて」

彼氏にね、と言ったら、その声の響きがひどく蓮《はす》っ葉《ぱ》に聞こえた。

「二股かけられてたの。そういうことって、学校の成績とはまったく関係なくない？　どれだけ勉強しても、人の気持ちってどうにもならないね」

宇藤が戸惑う気配がして、小さな声がした。

「どこの人？　会社の人？」

「会社の同期。大阪にいるんだけど、そこで新しい彼女ができたの。三ヶ月前に別れて。でもやっぱり私のところに戻ってきたいんだって」

「勝手だね」

「勝手なんだけど、少しうれしかったりもする。二股をかけるような男はいらない。頭ではそう思うんだけど、気持ちは残ってるの。だから、よりを戻そうと言われても答えられずにいる。……そうしたら、宇藤君のことを思い出して」

なんでって思ってるでしょ、と聞いたら、「なんで?」と声が戻ってきた。

「私は何も思いどおりになっていない。大学は第二志望だったし、公務員試験も駄目だったし。だけど大学も就職も浪人はいやだったから、二番手でいいや、って思って、ここまできた。だから憧れてる、宇藤君に」

憧れる、何に? と宇藤が聞き返した。

「純粋に、自分にとっての一番をひたすら追いかけてるから。本当に、心から思うよ、宇藤君。あなたの夢がかないますようにって」

ほんのりとあかりがともり、左手の暗がりに宇藤の姿が浮かび上がった。光の源は彼のスマホの液晶パネルだった。

その姿を見たときに悟った。

ずっと好きだったんだ、この人が。

遠回りして、やっと気が付いた。

よりを戻すの? と宇藤が聞く。光のなかに浮かぶあの頃と変わらぬ姿は、夢を見ているようだ。

「わからない。もっと……もっとよく考えなければいけないのかも、何もかも。でも……とりあえず酔い……さまして」

宇藤が近づいてくると、スマホでテーブルの上を照らした。

「あかりのリモコンは持ってる？　菊池さん」

「うん、手に握ってるよ」

「じゃあ僕が出ていったら、それであかりをつけて、ここでゆっくり酔いをさまして。安心していいから」

やさしい人だな、と目を閉じたら、切なくなってきた。

この人は誰にでもやさしいが、誰のものにも決してならない。

「酔いがさめたら、私のこと好きになってくれる？　少しずつでいいから」

ねえ、宇藤君、と言って目を開けると、開け放した宇藤の部屋のドアから朝日が差し込んでいた。

リビングのソファから起き上がって、沙里は目をこする。

どこからどこまでが夢だったのだろうか。まるで記憶がない――。

宇藤がシーツを替えてくれたベッドに行くと、枕元に新品らしい黒いTシャツが置いてあった。Tシャツに着替えて、沙里はベッドで再び眠る。枕元に置いたスマホが鳴る音で目が覚めると、朝の八時だった。

電話に出ると、宇藤の声がした。ドアノブに化粧水など女性用のアメニティグッズが入った袋をかけておいたという。もし着替えが必要なら、宇藤の私室の隣にある部屋のドアを開けて、干してある衣類を自由に着てもいいそうだ。

「宇藤君の服？」

――ミリタリーショップの商品。窓際のほうに小さいサイズがあるらしいよ。それを着たら、昨日のバーに降りてきて。朝ごはんがあるから。

「いいよ、ごはんまでごちそうになるなんて申し訳ない」

――昼間のバールの担当者さんが、ぜひにって言ってる。ゆっくり支度して降りておいでよ。

わかりました、と言って、電話を切ったら「あぁ」とうめいてしまった。酔いがすっかりさめた今、昨夜の自分の言動が何もかも恥ずかしい。このまま顔を合わせずに逃げ出したいが、それは恥の上塗りというものだ。

仕方なく腹をくくり、シャワーを浴びて身支度をする。リビングに隣接しているもう一つの部屋に入ると、部屋中に洗濯紐《ひも》が掛け渡され、ミリタリーウエアが洗って干してあった。そのなかに柔らかそうなヘンリーネックの白いシャツとコットンパンツがあったので、それを着て階下に向かう。

ＢＡＲ追分の扉を開けると、小さな音で音楽が流れていた。あたたかみのある女性の声がボサノヴァを歌っている。

おはようございます、と、若い女性の声がする。ふわふわした茶色の髪を束ねた、色白の人だ。

店の奥から宇藤が出てきた。

「おはよう、菊池さん」

何事もなかったように挨拶をされたら、恥ずかしさがこみあげてきた。

「昨日はごめんなさい、宇藤君。ほんと、ごめんなさい。恥ずかしいけど、私、記憶が少し飛んでる。でもご迷惑をかけたことは、すごくわかるの。申し訳ありませんでした」

酒って怖いね、と宇藤が小さく笑った。

「僕も何も覚えてない」

「宇藤君、そんなに飲んでましたっけ？」

「それすらも記憶がない」

あのあと宇藤が酒をたくさん飲んでいたとしても、何も覚えていないはずはない。ただ忘れたと言ってもらえると、少しだけ気持ちが楽になった。

ササキさん、と宇藤がカウンターの内側にいる女性に声をかけた。

「こちらが同級生の菊池さん」

「うん、さっきご挨拶を……、あ、ごめんなさい、名刺がまだでした。カウンターのなかから失礼します」

　女がキッチンペーパーで軽く手を拭くと、名刺を差し出した。

「昼間のバールの担当の佐々木桃子です。この横丁には同じ名字の人がいるので、下の名前で桃子と呼ばれています」

　受け取った名刺にはBAR追分のところに「バール」と振り仮名が振ってある。

　それを見たら、昨夜、白髪のバーテンダーが、昼間は定食やコーヒーを出す店になると言ったのを思い出した。たしか佳奈はそれを二毛作と言っていた。

　宇藤と並んでカウンターの席につくと、「朝食は何になさいますか」と桃子が聞いた。

「和食、洋食、それから今日はまかないとして、フレッシュなトマトソースを使ったオムライスをご用意できます」

　オムライス！　と思わず言ったら、桃子が微笑んだ。

「お好きですか？　オムライス」

「大好き。落ち込むといつも作るの、即席オムライス」

　即席オムライス、と隣で宇藤が言った。

「どうやって作るの、菊池さん。即席って何？」

「恥ずかしくて言えない、手抜きすぎて……あの、じゃあオムライス、いいですか？」

　ごまかすように言うと、もちろん、と桃子が力強く請け合った。

「オムライス・ファンに贈る素敵オムライスをごちそうします」

「え、ほんと？　うれしいな」

「佐々木さんのご飯はおいしいよ」

桃子が幸せそうに笑った。笑うと目尻が少し垂れて、人なつっこい顔になる。おいしいものを作ってくれそうな人だ。

「さっき……桃子さん、フレッシュなトマトソースって言ってたけど、それは何ですか」

それはですね、と桃子が照れくさそうに言った。

「トマトってハウス栽培が多いんですけど、うちにお野菜を送ってくれる農家さんが露地もののトマトを作っていまして。私、夏になるとお休みの日に収穫のお手伝いをしながら、形がいびつすぎたり、割れてしまったトマトをいただいて、ソースを作りためてるんです」

「産地直送の手作りケチャップってこと？」

「そうです。瓶詰めにしてあるから、保存は利くんですけど、だいたい一ヶ月ぐらいで使いきってしまいます。そのあとはトマト缶や市販のケチャップを使っての調理になるので、この時期だけは特別にフレッシュなトマトソースって言っているんです」

カウンターの内側から、トマトソースの甘酸っぱい香りがしてきた。

「いい匂い……」

いい匂いだね、と隣で宇藤も言う。それだけなのに、昨日よりも距離が近くなった気がする。

「そう言っていただけるとうれしいな」

忙しく手を動かしながら桃子が微笑んだ。

「トマトっていいですよね。落ち込んだときに菊池さんがオムライスを食べるってお話、お気持ちがよくわかります」

「トマトの赤い色って元気が出るというか」

「生命力のかたまりって気がします。陽《ひ》の光をたっぷりと浴びたトマトを食べると、太陽の味そのものって気がする」

にぎやかな炒め物の音が響いてきた。フライパンでチキンライスを作り始めているようだ。カウンターからは桃子の手元は見えないが、こうして香りと音を聞いていると、自分が口にする料理が着々とできあがっていくのがじかにわかって面白い。

「畑にいると不思議に思うんです。土って食べられないのに、土から苗が養分を吸うと、つやつやしたトマトの実になって。それがチキンライスを赤く染めたり、オムライスの上に彩りを添えたり」

ふわりと甘く、香ばしい匂いが漂ってきた。あたたまったバターの香りだ。続いてフライパンに溶き卵が入れられる音がした。

さて、と桃子がこちらを見た。

「今日はスペシャルオムソースのご提案ができます。一つは手作りトマトソース、一つは特製デミグラスソース、それから最後はクリームシチューです」

「クリームシチューですか？　オムライスに？」

「明日の定食がクリームシチューなので、いち早くオムライスにのせてお届けです。これ、ひそかにおすすめ」

「どうしよう、悩む」

そうでしょうとも、と桃子がうなずいた。

「そんなときは全部がけをおすすめします」

「全部、味わえるってこと？」

さようですヨ、と桃子がおどけた口調で言った。

「別々の器に入れてお出ししますから、お好きなものを少しずつかけて召し上がってください」

「それはうれしい」

うーん、と宇藤が隣で考え込んでいる。

「僕は一種類にします」

えっ、どうして？　と聞いたら、予期せぬ質問を受けたという顔を宇藤がした。

「どうしてって……一つの味をじっくりと味わいたいというか……オムライスのまんなかにソースが一色、かかっているところがいいんだよ」

「宇藤君、目から食べるタイプ？　三色かけてもきれいだよ」

「そうなんだけど……でも一つの味をまっとうしたいというか」

どうしたものか、と宇藤が悩んでいる。

「ケチャップ、デミグラス、ホワイトシチュー。どれもいいんだよな」

その横顔を見ながら思った。こういう人が運命の恋に落ちたら、一人の相手を生涯、誠実に愛するのだろう。

複数の女性と同時進行で恋をすることなど、絶対にしないだろうな……。

待てよ、と宇藤がうなった。

「ソースなし、という選択もあるか」

「いや、かけようよ、宇藤君」

「純粋にオムレツの味を楽しむという選択肢も」

「三択を四択に広げたら、よけい悩むじゃない、もう、宇藤！」

わかりました、と桃子が言った。

「宇藤さんが選ぶの待ってたら、冷めちゃうからね。そろそろできあがるから、私が決めてあげましょう。宇藤さん、今日はトマトだ」

どうしてトマト？　と宇藤が聞いた。

「なぜならば、夏に作ったトマトソースがあと少しで終わるからです」

「ではトマトをお願いします」

ＯＫ、と声がして、半月盆がカウンターに出された。

白い皿のまんなかに明るい黄色の舟形のオムライスがぽんとのっている。スプーンでそっと割ると、チキンライスと接した部分のオムレツはやわらかそうな半熟だ。

おいしそう、と吐息まじりの声をもらして隣を見ると、宇藤も微笑んでいる。

宇藤の皿のうえには黄色いオムライスのまんなかからぽってりと、赤いトマトソースがかかっていた。オムライスから流れ落ちたトマトソースが皿にたまっているところも食欲をそそる。行儀が悪いが、そのソースだまりに指をすっと走らせ、ぺろりと一舐《な》めしたくなるほどだ。この様子を見たいといった宇藤の気持ちがよくわかった。

「菊池さん、ソースをどうぞ」

長方形の木の盆に、ソースのポットが三つ並んだものが出された。カレーを入れるカレーポットを一回り小さくしたソース・ポットに白、赤、茶色のソースが入っている。

最初に赤いトマトソースをかけてみた。まずはオムレツ部分を食べると、トマトの酸味が玉子の風味を引き立てて、口のなかに余韻が広がり、思わず笑顔になる。今度はチキンライスも一緒にスプーンにのせて口に運ぶ。嚙むたびにチキンライスのトマト風味にソースが味の濃淡をつけ、これも美味だ。

太陽の味だ、と思うと、さらにおいしい。

デミグラスソースをかけると、今度は肉のスープの濃いうまみが玉子とチキンライスの味に力強さを添えた。大人向けの洋食という感じがする。

続いてホワイトシチューをかけてみる。初めての食べ方だが、スプーンを口に運んだら、なごやかな気分になってきた。

「クリームシチューがけ、おいしいですね」

シチューいいよ、と宇藤が隣で言った。

「ふわーっと癒やされる感じ。童心に返るというか。子どもの頃、こうして食べたわけじゃないのに」

「たしかにどこかなつかしいような……」

隣を見ると、宇藤が口元にスプーンを運んでいた。背筋がまっすぐに伸びて、きれいだ。上品な食べ方をする人だと思ったら、この宇藤の後ろ姿の写真を何度も眺めていたのをまた思い出した。

あのときは頼もしそうな背中に心惹かれたが、こうして会ってみると、この人は背中に限らず、動作全般に無駄がなくて、凛としている。

「宇藤君って姿勢がいいよね。何かスポーツやってた？」

「高二まで剣道をやってたよ」

いつから？　と聞いたら、「小学生から」と返事が戻ってきた。

「結構、長いね」

「十年と少しかな。大学受験で忙しくなってやめたけど」

「一つのことを長くやるのは苦にならないほう？」

「苦にならないというより、人より長く時間がかかるだけかもしれない」

ときどき、そんな自分がいやになる、と宇藤がぽつりと言った。

何も言えずに黙って、沙里はスプーンを動かす。

シチューをかけてオムライスを食べていると、必ずしも短時間、最短距離でものごとができなくてもよい気がしてきた。

「でもね、宇藤君。私、最近、速ければいいってものでもない気がしてる」

そうかな、と宇藤がスプーンを口に運んだ。

なんとなく……と沙里は続ける。

「二番手でもいいって思ってた。一番を求め続けて遠回りをするより、やるだけやったら、あとはこれも縁だと割り切って、手に入るもののなかから選べばいいって。それも悪くない。最速で無駄もないし。だけどふと気付くと、自分が本当に欲しかったものはこれだったのかって、疑問に思ってしまう」

「一番を求めて遠回りをしても、これでいいのかと思うのは同じだよ」

「まあね。だけど最近、思ったの。無駄をはぶいて、コスパも考えて、最速最短でみんなに『いいね』って思われるようになっても、私たち、工場で作られる製品じゃないんだもの。無駄でコスパが悪くても、きっと譲れないものはあるし、人にいいねって言われても、自分が満足してなかったら、満たされないし」

遠回りに見えても、それは遠回りではなく、自分にとって必要な道なのかもしれない。

デミグラスソースをかけながら考えた。

大阪にいる透とよりをもどせば、最速で結婚へと進める。子どもも三十歳前で産めるかもしれない。だけど一度は幻滅した男とよりをもどして、心は満たされるのだろうか。

本当にほしいものはなんだろう。

どんな人と、どんな関係を結んで生きていきたいのか——。

宇藤は静かに食事を続けている。身体にまっすぐな芯《しん》が通っているようで、ゆるぎがない。

「宇藤君は、ぶれない人だね」

「ぶれまくってるよ。今だって……」

エッセイが……と宇藤がため息をついた。

「宇藤君、エッセイも書くの？」

挑戦中なんだよ、と宇藤が力なく言う。

「女性向けのフリーペーパーにエッセイの連載をもらえそうなんだけど、引き受けてから気が付いた。エッセイってどう書くんだ？　って」

「そういうことは引き受ける前に考えなよ」

本当にそうだよ、と宇藤がうなだれた。

「できるかな、と思ったんだ、そのときは」

「そもそもどうして宇藤君、脚本家志望なのに文学部へ行かなかったの？」

親にもこの間言われた、とさらに力ない声がした。

「僕は子どもの頃から刑事ドラマの大ファンで。そういうのを書いてみたいなと思ったから法学部」

「そこでまず間違ってるよ」

この人、やっぱり詰めが甘いかも……。

昨夜、佳奈が言った言葉は的確な表現かもしれない。

「でも無駄だったかと言えば無駄じゃなかった。法律的なものの考え方は、脚本の構成を考えるときにも参考になるし、法医学や犯罪学の講義でサスペンスドラマを書くのに必要なことは教えてもらえたし」

「宇藤君はミステリーを書いてるの？　それ、全然似合ってない」

オムライスを食べ終えた宇藤が、スプーンを置いた。

「似合わないって……菊池さんは僕の何を知ってるの？」

「知らないけど。でも宇藤君に犯罪の話は似合わないよ」

「恋愛ドラマのほうが似合わないだろ」

そうだね、と言いかけて、沙里はやめる。

「ううん。そんなことない、そんなことないよ。私、宇藤君が書く恋愛ドラマを見てみたい」

誰にでもやさしいが、誰のものにもならない男。そんな男に一途に愛される女の話を宇藤が書いてくれたら、毎週、楽しみにテレビを見るのに。

言ってみたいが、恥ずかしくて言えない。

グラスに桃子が水を注ぎにきた。

「桃子さんもそう思いません？　恋愛ドラマってよくない？」

大好きです、と桃子がうなずき、宇藤を見た。

「宇藤さん、どう？『トマト畑でつかまえて』とか」

「それ、どういう話？　佐々木さんまで」

「畑に手伝いに来た都会の女子とイケメン農家の話なの。青いトマトみたいな二人の距離がなかなか縮まらなくて赤くなったり、雨で割れたり」

宇藤がくすっと笑ったあと、何かを思い直したように穏やかな笑顔を見せた。それはとても柔らかで、春の日のようにあたたかだ。

心を許すと、この人はこんなふうに笑うんだ。

そう思いながら沙里はオムライスを食べる。

心を許すというより、この空間にいると、誰でも笑顔が柔らかになるのかもしれない。

オムライスを食べ終えると、桃子が食後には何が飲みたいかとたずねてきた。コーヒーを頼むと、薄切りのパンにのせた小さなシュークリームを添えてくれた。一口か二口で食べられる小さなその菓子は、この店ではピンチョスと呼ばれるおやつらしい。

礼を言い、ひとくちでシュークリームを食べる。かりっとしたシュー皮からあふれるようにバニラの香りと濃厚なカスタードが出てきて、幸福感がこみあげてきた。

「ああ、おいしい……」

ため息まじりに言ったら、「うれしい」と桃子がもう一つ、ピンチョスを小皿に置いた。

「よかったら、こちらもひとくち。今作っているパイの中身」

薄切りパンの上には、リンゴを煮たものがのっている。コーヒーをひとくち飲んで、手を伸ばす。リンゴの甘酸っぱさに笑みがこぼれた。

「このリンゴが入ったアップルパイ、食べてみたいな」

「ありがとうございます。テイクアウトもできますけど、お店で出すときはこれに生クリームを添えて」

「おいしそう……また来ていいかな？」

ぜひ！　と桃子が力強く言った。

宇藤に目をやると、コーヒーを飲みながら微笑んでいる。来いとは言わないが、来るなとも言っていない表情だった。


バール追分に行った三週間後、会社の帰りにコンビニに寄り、沙里はレトルトのミートソースと白飯、卵、発泡酒を買う。

いろいろ悩んだが、よりを戻す気はないと、二週間前に透に伝えた。それを機に、大阪の女性のSNSを見るのもやめた。

気持ちを切り替えたいが、なかなかうまくいかない。そのうえ今日は仕事でいくつかミスをして、気分がひどく落ち込んでいる。こんな日は外食をしても気が滅入《めい》るから、即席オムライスの日だ。

マンションに戻り、部屋着に着替えてキッチンに立つ。テフロンのフライパンにレトルトのミートソースを入れて軽く火を通し、そこへレンジであたためた白飯を入れて炒める。仕上げにフライパンの鍋肌から醤油《しょうゆ》をひとさじ。数分で、ミートソースで作ったケチャップライスの完成だ。情熱的な赤色に気分が少し上向いてきた。

フライパンを洗ったら、今度はオリーブオイルを引いて、バターを一かけ。バターは最初から切れているものが使いやすくて好きだ。

オイルのなかでバターがゆるやかにとけて香り立ったら、溶き卵を流し入れて塩、胡椒《こしょう》をしてスクランブルエッグをつくる。半熟が好きなので早めに火を消し、余熱で卵を調理する。

あたたまったバターと卵の香りをかいでいると、さらに気分が上向いてきた。スクランブルエッグができたら、ケチャップライスにかけて、即席オムライスのできあがりだ。これを食べたら、バスソルトを入れたお風呂に入って今日はゆっくり休もう。

ふんわりとした玉子とケチャップライスを味わっていると、スマホにメールが届いた。宇藤からだ。この前話していた、フリーペーパーへのエッセイが採用されたという。スマホで撮った掲載箇所が添付されていた。

ねこみち便り、というタイトルの下には宇藤輝良とある。第一回目の題は『オムライス日和』。

「ん？　オムライス？」

独り言を言って、即席オムライスを食べ、発泡酒のプルタブを引く。

そのエッセイは、気持ちが沈んでいるときに大学時代の同級生と偶然に街で会い、それをきっかけに食事をしたという話から始まっていた。同級生の彼女は気分が落ち込んだときはオムライスを食べるのだという。

「今、まさにそれ」

同じように落ち込んでいる彼女とオムライスを食べながら、上にかけるソースやトマト畑における恋愛ドラマの話をしていたら、だんだん気持ちが上向いてきたという。これからは心が少し弱った日はオムライス日和と思い、玉子とケチャップの陽気な味と匂いで気持ちを上げようと書かれていた。

そのエッセイの最後は、新宿は大きな街だから、偶然の出会いと発見に満ちている、という言葉で締められていた。

即席オムライスを食べる手を止め、「おめでとう」と沙里はメールを打つ。

『脚本家兼エッセイスト、宇藤輝良の初陣だね！』

オムライスの皿から、バターとケチャップの香りが立ちのぼり、気持ちがあたたまってくる。

おめでとう、という言葉は、言っても言われても心が華やぐ言葉だ。

だけどね、と軽く微笑みながら、沙里は発泡酒を飲む。

ちょっとだけ間違っているんだな、宇藤君。

出会ったのは偶然じゃないよ。あなたに会いにいったんだ──。

第3話

ようこそ、餃子パーティへ

新宿御苑《ぎょえん》近くの出力センターで、自作のポスターのデザインデータを二枚だけ印刷して、宇藤は店を出た。

時計を見ると、夜の七時前。ついこの間までこの時間はまだ明るかったのに、もう日はすっかり暮れている。

来週の土曜日、ねこみち横丁では振興会主催で『ねこみち感謝祭』というイベントを行うことになっている。その日は振興会の加盟店は一律五百円、ワンコインで協賛メニューや協賛品を販売する予定だ。

さらに振興会では、BAR追分の上にある事務所を午後だけ開放して、加盟店の人々が提供してくれた不用品や協賛品などを格安で販売する『ねこみちフリーマーケット』という催しを行うことになっている。今、出力してきたのはそうしたイベントを告知するためにパソコンで作ったポスターだ。

秋風に吹かれながら、ゆっくりと新宿の通りを歩く。道に建ち並んだ飲食店にあかりがともり、仕事帰りの人々がそこに吸い寄せられていく。開いたドアからこぼれる店のにぎわいを耳にすると、この街は毎日が祭のようだと宇藤は思う。

ねこみち横丁に着くと、バール追分から伊藤純が出てくるのが見えた。ドアの横の樽の上に「CLOSED」の札を置いている。

こんばんは、と声をかけると、純が軽く頭を下げた。今日は黒縁の眼鏡をかけておらず、前髪が軽く目にかかっている。

週に三日、バー追分でバーテンダー見習いとして働く純は、肌も唇も滑らかで瑞々《みずみず》しい。店で働くときは髪を整えて額を出すが、何もせずにさらりと髪を下ろしていると、線の細い体つきもあいまって、美少女であるかのような錯覚を起こしてしまう。

純がバールのメニューが書かれた黒板を抱え、店に入っていく。そのあとに続いて、宇藤は純に声をかける。

「伊藤君、今日は眼鏡かけてないんだね？」

「伊達《だて》ですから」

「そうか、接客中はかけてないもんね」

伊藤が店の奥に黒板を運んでいく。かわりに奥から桃子が出てきた。

「おかえり、宇藤さん。ポスター、どう？　感じよくできた？」

「いちおう二案作ってみたけど、あとで見てくれるかな」

『ねこみち感謝祭』は例年、横丁の数少ない若者として、BAR追分の桃子と純も仕事の傍ら、運営に参加しているという。今年は振興会の職員ということで宇藤が専従で働いているが、それでも人手が足りないので、引き続き二人の協力をあおぐことになっている。

了解、と桃子が答えると、急いでいるかと聞いた。

「そんなに急いでないよ」

「それならまかないを食べながらでいい？　どうぞ座って。純君も今日は食べられるんでしょう」

店の奥から「はい」と声がした。

「じゃあ座ってよ。すぐに出すから」

宇藤がカウンターの真ん中に座ると、奥から戻ってきた純が三つ席を置いて座った。隣り合って座ることもないが、三席も空けられると、避けられているみたいだ。

桃子がカウンターに水のグラスを出しながら、楽しげに言う。

「ねえ、宇藤さん、あのオークション、大成功だね。私、毎日、ネットを見ているんだけど、日に日に値段が上がってるよ」

「僕も朝と夜に見てるけど……」

グラスを手にすると、輪切りのライムが浮かんでいた。飲んだ水にかすかに柑橘《かんきつ》の香りがひそんでいて、さわやかだ。

「株を売買するときって、こういう心境かなってそのたびに思ってる」

「株と違ってオークションは上がる一方だから、うれしいよね」

今回の『ねこみち感謝祭』の運営を手伝うにあたり、多くの人に横丁に来てもらおうと考えて、いろいろ工夫をしてみた。そのひとつがインターネットのオークションサイトへの参加だ。

まずはフリーマーケットに出品された不用品や協賛品のなかから人気が出そうな品物を十点選んで、『ねこみちフリーマーケット』名義で出品をした。

来週の金曜日にオークションを締めきり、配送をする手はずだが、もし翌日に『ねこみちフリーマーケット』に足を運んでくれたら配送は無料。知り合いを誘って来てくれたら、お礼にもう一品を付けるとサイトに書き込んである。

出品物のなかで現在、最高値を付けているのは、英国製のアンティークのティーセットだ。繊細な花模様と金色の縁取りが施された紅茶のポットやカップは古い年代のものだが、コンディションが素晴らしいという。落札者が知り合いを誘って当日、フリーマーケットに足を運んでくれたら、ティーキャディスプーンと呼ばれる銀の茶さじがプレゼントされる予定だ。

二番目の高値はこれも希少品らしいヴィンテージのミリタリーウエアで、こちらのプレゼントはレーションと呼ばれる軍事活動中に出される食料品セットだ。ティーセットもミリタリーウエアも会長の遠藤が提供した品で、その道が好きな人にはたまらないアイテムらしい。

忙しそうに手を動かしながら、桃子が感心した顔をしている。

「あのプレゼントの一品が心憎いのよね。特に貝の形のティーキャディースプーン、柄の部分の透かし細工がほんと素敵。あれをプレゼントしてくれるなら、親でも友だちでも誰でも連れて、私、横丁に馳《は》せ参じちゃう」

「それほどの品なんだ……お茶っ葉をポットに入れるだけなら、なんでもいいような気がするんだけど」

わかってないなあ、と桃子が首を振った。

「銀の茶さじで紅茶の葉を入れたら、気分が盛り上がるのよ」

「そういうもの？」

そういうもの、と桃子が答えて、何かを切り始めた。

「会長さんが買い付けてくるものって、いつもお洒落《しゃれ》。乙女心がよくわかってるのよね」

「乙女心？　さっぱりわからないな」

女心もよくわからないのに、乙女という部類にまで細分化されると完全に謎だ。純を除《の》け者にしているような気がして、「わかる？」と宇藤は四つ隣の席に声をかける。

わかりません、と、答えて、純が水を飲む。

のどぼとけを見ると男だよな……と眺めていたら、純と目が合った。切れ長な目で見つめられて、うろたえながら視線をはずす。

思っていたことを見透かされたみたいだ。しかもうかつなことに、半分、見とれていた。

純がグラスをカウンターに置いた。

「文字を書くならボールペンでもいいところを、どうして万年筆で書くのかってのと同じじゃないですか」

ささやくようなのに耳にしっかりと届いた純の言葉に、彼を見る。低くはないが深みがあって、よく通る声だ。しかも言っていることにはたいそう納得がいく。

「なるほど、そういうことか。乙女心はともかく、茶さじの気持ちはよくわかった、佐々木さん」

わかってくれてうれしい、と桃子が深皿を手にする。

「それにしても……僕は会長さんはミリタリー関係が専門かと思っていたのに、アンティークの陶器なんかも扱うんだね」

「ミリタリーの店は単なる趣味だと思うの」

「趣味？　じゃあ本業は何？」

「傭兵《ようへい》、ジャーナリスト、要人警護、フィクサー、ボディビルダー、美女のヒモ。諸説あるけど、やっぱり貿易商じゃないかな」

「そのボディビルダー、美女のヒモって何？」

「それは本人がたまにふざけて言うの。でも純君に言わせるとね」

ボディビルで作った身体《からだ》じゃない、と冷静な声がした。

「……なんだって。私が初めて会長さんに会ったときは、スーツを着ていたよ。見るからに渋ーいスーツ。伊勢丹メンズ館のいいところに、布だけぺろんと飾ってある感じの」

「オーダーメイドってこと？」

「おそらく。上着もシャツも変なシワがまったくなくて、シャツの袖はカフスで留めてた」

どこで会ったの？　と聞いたら、「タイ」と返事が戻ってきた。

「タイ？」

「うん、バンコクで」

「佐々木さんは何をしてたの？　旅行？」

「一言では言えないな」

「一言では言えないこと？」

桃子が半月盆をカウンターに出した。

「食べたほうが早いもん。今日のまかないはタイで覚えたチキンライス。カオマンガイっていうの」

半月盆の上には黄色い皿が置かれていた。その中央に淡く黄みがかった飯が丸く盛られ、茹《ゆ》でた鶏肉を薄切りにしたものがのっている。鶏肉にうっすらと艶があるのは、どうやら鶏の煮こごり、ゼラチン質のようで、見るからにジューシーだ。つけあわせには皮を剝《む》かれたキュウリの薄切りが五枚。そのかたわらには澄んだスープを入れた小さなカップが置かれている。

「チキンライスって、ケチャップで味をつけたものじゃないの？」

「タイやシンガポールだと、こっちのほうがポピュラーかな。鶏《とり》のスープと脂でごはんを炊き込んで、そのうえに茹でた鶏肉を薄切りにしてのせるの。シンガポールでは海南鶏飯《ハイナンジーファン》、海南風チキンライスって呼ばれてる。食べてみてよ」

すすめられてまず鶏肉の薄切りを食べた。煮こごりには鶏のうまみが凝縮され、やわらかな肉にはしっとりとした潤いがある。噛《か》むとその潤いはコクとなり、肉汁に弾みを添える。ごはんを食べると、米の一粒ひとつぶにたっぷりと鶏のスープの滋味がしみこみ、簡素だが味わい深い。

「あっさりしてるけど、こくがあるというか」

「鶏一匹丸ごとでスープをとってあるから、おいしいと思うんだよね。明日の朝はそのスープを使って、鶏雑炊《ぞうすい》を作ろうかと」

あ、そうだ、と桃子が小さな器を二つ出した。

「ソースを忘れてた。鶏肉にかけてみて。少し甘めのチリソースと、生姜醬油《しょうがじょうゆ》」

生姜醬油だけでいいです、と純がチリソースを断りながら、スプーンですくったごはんを見る。

「今日はジャスミンライスじゃないんだね」

「新しいお米が手に入らなくて」

「ジャスミンライスって何？」

純に聞いたら、「どうぞ」と言うように桃子を指し示した。

「タイの最高級のお米なの。長細くて、ぱらっとして、香ばしい。高級っていっても、チキンライスは屋台で食べる料理だけどね。お皿もスプーンもプラスチックで、ローカルビールを飲みながら、扇風機の風に吹かれてもりもり食べる」

「ローカルビールって？」

「地元のビール。タイなら獅子《しし》の絵が描かれたシンハー、それから象のラベルのチャーン」

「シンハーなら飲んだことがある。どんな味か記憶にないけど」

「今度、みんなでタイ料理でも食べにいく？　横丁にはないけど、チョイチョイと道を曲がれば、おいしいお店があるよ」

みんなとはこの三人だろうか。純を見ると、何も言わずにスプーンを動かしている。

ところで、と桃子がカウンターの上に置いたポスターを見た。

「宇藤さん、ポスターの相談って何だっけ」

あ、そうだ、と宇藤はスプーンを置く。

「ポスターを作ったんだよ。感謝祭用の。二種類作ったんだけど、どっちがいいかと思って。伊藤君も見て」

「純でいいです」

純君もどうぞ、と言い直し、宇藤は二人に一枚ずつポスターを渡す。

ポスターを見た桃子が、妙な顔をした。そのまま苦しげに眉を寄せ、純が見ていたポスターと交換する。

奇妙な沈黙が続いた。

桃子が口に右手を当てた。

「ごめん、宇藤さん」

その右手から笑いがこぼれ始めた。

「ほんと、ごめんなさい。でもこの絵……猫だよね。『ニャー』って言ってるから」

そうだよ、と宇藤はポスターを指差す。

「そこの『ニャー』って書いてあるところに、ワンコインのメニューや協賛品や、『お待ちしてます』とか台詞《せりふ》を書いてもらおうと思って。猫の絵のところは、フリーデザインの絵を……」

純が顔をそむける気配がして、宇藤は横を見る。純の肩がかすかに揺れている。

ごめん、と桃子も肩を揺らした。

「これ、猫に見えない、宇藤さん」

でもヒゲがあるから、と純がつぶやく。

「えっ？　猫って判別できるのはヒゲだけ？　そんなに変かな」

ノックの音がして、ドアが開いた。アフロヘアの男が顔をのぞかせている。この店の常連の青木梵だ。

「モモちゃん、遅れてごめん。テイクアウトは？」

「ご用意できています。どうぞ、おかけになって」

梵が店に入ってくると、宇藤と純の間に座った。

「どうしたの？　何をみんな、楽しそうに笑ってるの？」

「僕はまったく笑っていませんよ」

カウンターの上で筒状に丸まっているポスターを梵が見た。

「それはポスター？　カレンダー？」

ポスターです、と答えたら、照れくさくなってきた。青木梵はアフロのフィギュア作家として名高いが、現代美術のアーティストでもある人だ。

「『ねこみち感謝祭』のポスターを作ったんです。僕がパソコンでざっくり作ったんですけど」

「へえ、どこに貼《は》るの？」

「加盟店全部の入口近くです。……普段は夜だけの営業のお店も、この日はみなさん、昼から開けてワンコインの特別メニューを出してくれるんです。それで、その内容をポスターに書き込んで外に貼ってもらおうかと思って」

チキンライスを食べ終えたので、宇藤は半月盆を桃子に返す。受け取った桃子がカウンターにコーヒーを出した。

「梵さん、すぐにお弁当を包みますから、その間、コーヒーをどうぞ」

ありがとう、と桃子に言い、梵がコーヒーの香りを嗅いだ。

「う〜ん、マンダム！　いい香り……って誰も知らないか」

何のことですか？　と聞いたら、「いいんだ」と恥ずかしそうに梵が言った。

「ところでどうしてポスターを作ろうと思ったの、宇藤君は」

「去年の写真を見たら、せっかく皆さんがメニューを工夫しているのに、店頭に貼り紙があったり、なかったりだったので……」

「たしかにいまいち盛り上がりに欠けてたかもね」

「それでポスターのなかに、その店のワンコインの目玉商品を書いてもらって、それぞれの店に貼ってあったら、ここは何か、隣はどうなっているのかって、来た人が足を止めて見てくれるんじゃないかと思って。もっと希望を言えば、軽く二、三軒、食べたり、買物をしてくれたりすると最高なんですけど」

うーん、と言ったあと、「なるほど」と梵が言った。

「客の足を止めさせるというのは、いいアイディアだね。どれどれ」

「まだ作りかけですから」

「まあまあ。へえ、二枚あるんだ」

梵がカウンターの上にあるポスターを広げて見た。

再び奇妙な沈黙が流れた。

「宇藤君、これは……猫かな？」

「もちろんです。何に見えるんですか」

「そんなに堂々と聞かれると困っちゃうな。強いて言うならばユーマ？」

ユーマ？　ユーマってなんですか、と言いながらスマホで検索すると、すぐに答えが出た。

「U、M、A、未確認生物、ネッシー、ツチノコなど……何を言ってるんですか、ツチノコじゃないです、クロネコです」

「クロネコ。だから黒いんだ……」

「頭で思ってるものを、手で描いたら若干の誤差は生じましたけど」

若干……とつぶやいた純に、桃子が続く。

「そこにも誤差があるかも、宇藤さん」

「俺もモモちゃんと同意見だな」

梵がジャケットのポケットからメモを出すと、すらすらとペンを走らせた。

「猫というのは、宇藤君。こう描くのです」

「あっ、デビイだ、すごい」

梵が差し出したメモを見て、宇藤は驚く。まさに黒猫、それもデビイが可愛《かわい》く鳴いているようだ。

「見せて、見せて」

梵が桃子にメモを渡すと、「わ、本当！」と声が上がった。

「猫ってだけじゃなく、デビイってわかるよ。すごい、梵さん、さらさらって描いただけなのに」

桃子に絵を見せられた純も「そっくり」と声を漏らした。

気分いいなあ、と梵が笑った。

「三人がかりで、すごい、すごいとほめられるのは」

「僕はここにフリー素材の猫のイラストを入れようかと……」

「だからダミーで君の絵が描いてあったのか。これでいいならちゃんと描いてくるけど」

えっ、梵さんが？　と桃子が声を上げた。

それは光栄ですけど、と宇藤は声をひそめる。

「梵さん、言いにくいことですが」

「うん。そんなに小声で言わなくても」

「これは僕がパソコンでシュッと作るものなんで、あの……原稿料が」

「いいよ、そんなの、これで充分」

梵が軽くコーヒーカップを掲げた。

桃子が奥から大皿を出してきた。

「梵さん、どうぞピンチョスもつまんで」

いいの？　と梵が魚肉ソーセージのピンチョスをつまんだ。

「よかったら詰め合わせもお持ちになりませんか？」

「うれしいな。友だちが来るから、ちょうどいいや」

どうぞどうぞ、と桃子がテイクアウトの器を出した。

「どれがいいですか？　お好きなものをいくらでも選んでください」

「ありがとう。それなら絵は明日の昼、エスプレッソを飲みに来たとき、持ってくるよ。宇藤君、それまでこれを借りていっていいかい」

梵がポスターを指差している。

もちろんです、と答えて、宇藤はポスターを丸めて輪ゴムで留める。

「データを持ってるなら、そっちもくれるとうれしいな」

「今すぐUSBメモリで渡せます」

「このふたつ、どっちのデザインにするの?」

「それを今、みんなに相談していて」

なるほど、と梵がポスターを見た。

「俺が決めて、デザインも多少いじっていいかな?」

「どうぞ、多少と言わず、いくらでも」

その翌日、いつものように店に来た梵が、ポスターの絵とデータを渡してくれた。猫の絵は最初に描いた黒猫のデビイのほかに、三毛猫のミケと茶虎のキナコが寝転んだり走ったりしている姿が加わり、『ねこみち感謝祭』のポスターは見違えるように可愛らしいデザインになっていた。

さっそく新聞紙より少し小さめのサイズのポスター五十枚を出力して、その日の夕方、純と手分けをして加盟店に配ることにした。

ポスターを手にして二人でバール追分を出ると、ちょうど店に入ろうとしていた女性を純が呼び止めた。三十代半ばぐらいの、肩にかかった黒髪が清楚《せいそ》な雰囲気の女性だ。

クボタ先生と呼んで、純がポスターを一枚手渡している。

クボタがすぐにポスターを広げた。

「あら、なんて可愛い。猫ちゃんたちがいっぱい」

さっそく貼りますね、と笑顔を向けられ、宇藤は頭を下げる。振興会に加盟している飲食店はほとんど取材をしているが、この人はどこの人かわからない。

純が日曜日は大丈夫かと聞いている。クボタがスマホでスケジュールを確認した。

「いつものお時間？　大丈夫ですよ。お待ちしています」

よろしく、と純が言っている。素っ気なく一言ですませるのは誰に対しても同じようだ。

クボタがバール追分に入っていったのを見送り、宇藤は純に声をかける。

「どこのお店の人？」

「森の鍼灸院《しんきゅういん》の久保田《くぼた》先生」

鍼灸院の人か、と宇藤はバール追分を振り返る。公式サイトに載せる紹介文のほとんどは宇藤が取材して書いているが、なかには取材を拒んで自分で書いた人もいる。森の鍼灸院はそのなかの一つだ。

「純君、若いのに鍼《はり》や灸をやるの？」

「身体のメンテに」

「身体の？　どこか悪いの？」

答えずに純が歩いていく。何か悪いことを聞いてしまったようだ。

『ねこみち感謝祭』の当日は秋晴れに恵まれ、散歩をするには絶好の日和となった。振興会事務所を会場にした『ねこみちフリーマーケット』は古い茶簞笥《ちゃだんす》や卓袱台《ちゃぶだい》などの小さな家具、古着などのほかに、協賛店が提供した菓子の詰め合わせなどの食べ物が人気を呼び、午前中にかなりの品物が売れていった。オークションの品もほとんどの落札者が友人連れで事務所に現れ、昼飯どきはたいそうにぎわった。

このイベントは五時に終わることになっている。そのせいか四時を過ぎると人はほとんど訪れなくなった。そこで宇藤は店番のかたわら、原稿用紙を広げる。

数日前に、猫とフリーターの青年を主人公にしたミステリーの脚本を書こうと思い立った。そこで原稿用紙を前にして構想を練るが、一向にアイディアが浮かばない。

真っ白な原稿用紙を前に、焼けつくような思いで座っていると、先月、大学の同級生に会ったことを思い出した。

同じゼミだった菊池沙里とその友だちはサークル仲間の結婚式のあとにバー追分に来て飲んでいた。別の店ですでにかなり飲んでいたらしく、二人とも足元がふらつくほどになっており、沙里の友人は心配した恋人が迎えにきて、彼に抱きかかえられるようにして帰っていった。

その友人は学部は違うが、ほぼ同時期にシナリオの学校で同じ講座にいた。彼女のことを知っているかと沙里に聞かれて、知らないと答えたが本当は記憶にある。胸がきゅんとする話が好きだと言って、課題の十分間のドラマを書くときにはいつも恋愛の話を書いていた人だ。同じ大学のよしみでよく話しかけられ、帰りの電車で一緒になることも多かったが、濃いマスカラと濡《ぬ》れたような唇が苦手で、なんとなく距離を置いていた。

同級生に会うと、みじめな気持ちになる。今、何をしているのかと聞かれて、すぐに答えられない自分が恥ずかしい。今はそれほどネガティブに思わなくなったが、沙里に、夢を追い続けていてすごい、と言われたときも、複雑な心境になった。大学卒業の折に彼女のように就職先が決まっていたら、書くのをやめていたかもしれない。中途半端に力があったから、あきらめきれずに書き続けているだけだ。

気分がよどんできたので、事務所の奥に行き、自室の窓を開けてみる。

そこから見下ろす横丁の左右の各店には、梵がデザインした感謝祭のポスターが貼られていた。三匹の猫がおしゃべりをしているような雰囲気になるよう、マンガでいう『吹き出し』を設けたこのポスターは、可愛いと評判を呼び、各店が店先の一番目立つ場所に貼っている。三つの吹き出しは当初はワンコインの協賛品の名前や説明などを入れてもらえればと考えていたのだが、各店の人々が『気軽に入ってニャ』や『のんびりしていくニャー』などと商品以外のメッセージを入れたことで、街の雰囲気が和やかに、可愛らしくなっている。

ポスターを作ってよかった。そう思うとともにデザインの力の大きさを感じた。

自分が作ったポスターが同じ位置に貼られていることを想像すると、多少の圧迫感やうっとうしさを感じる。これだけたくさんの枚数が横丁にあるのに押しつけがましくなく、しかも風景が楽しげに見えるのは、おそらく梵が描いたイラストが愛らしいことと、街になじむ文字の色合いや書体の選択がされているからなのだろう。

これが芸術家、プロの力なのだろうか。たった数秒で猫、それも特定の猫とわかる絵をすらすらと描いたのを目の当たりにすると、その道で一線に立つプロたちは、自分のような中途半端な力ではなく、最初からずば抜けた力を持っていた人々のように思えてしまう。

開け放した玄関のドアから、誰かが入ってくる物音がした。

いらっしゃいませ、と言いながら宇藤は自分の部屋を出る。

こんにちは、と声がして、梵が入ってきた。今年は盛況だね、と笑っている。ちょうど梵のことを考えていたせいか、少し照れくさい。

絵葉書は売れたかな、と梵が気にしている。

「ちょうどさっき完売しました」

今回梵は、ポスターに描いた三匹の猫の絵をそれぞれポストカードにして三十組作り、フリーマーケットに出してくれた。公式サイトで当日に売り出すことを告知したおかげか、それを求めて来場してくれた人も多かった。

「絵葉書を買いにきてくれた人が、公式サイトで猫の名前を知ってくれて、デビイのグッズを作ってほしいなんておっしゃっていました」

マジですかい、と言いながら、梵が受付のテーブルについた。

あわてて宇藤は机の上に広げた原稿用紙を片付ける。

「いいよ、片付けなくても。……宇藤君は原稿は手で書くの？」

「長いものを書くときはパソコンですけど、構想を練るときは手書きです」

「手で書くっていいよね」

「でも行き詰まっていて」

「そういうときもあるでしょ。ものづくりには好調、不調の波があるよ」

梵さんでも？　と聞いたら、「もちろん」と梵が笑って、パイプ椅子の背にもたれた。

「毎日やってりゃ、調子いいときも悪いときもあるよ。思うように進まないのが続く日も。感情にも体調にも波はあるしさ」

「どうしてるんですか、そんなときは」

「やるだけやって、だめなら気分転換。散歩したり、整体に行ったり。とりあえず決まった時間は向き合うけど」

「僕は最近、ずっと原稿用紙と向き合ってるんですけど、何も浮かばなくて。時間を無駄にしているばかりのような気も」

「宇藤君、小学生の頃、朝顔を育てなかった？」

唐突に話が朝顔に飛び、宇藤は梵の顔をまじまじと見る。

「朝顔ですか。学校で育ててましたけど……」

「種をまいて芽が出るには少し時間がかかったじゃない？　一緒さ。あせらず水をやって、養分をやれば、ちゃんと発芽するって。で、その養分ってのは、よく寝て、食べて、気分転換することだよ。食う？」

　梵が斜め掛けにしたバッグから小さな袋を出した。

「なんですか？　お菓子？」

「椎茸《しいたけ》チップス。うちの姫様が最近はまってて、大量に取り寄せしたんだ」

　手を出せと言われたので、宇藤は手のひらを梵の前に出す。梵が袋を傾けると、軸つきの小さな椎茸が手のひらに転がり落ちた。

「キノコが丸ごと揚げてあるんですか」

「揚げると小さく縮むのかな。それとも海外の椎茸は小さいのかな。台湾のお菓子なんだよ」

　食べてみると、サクッと軽い。ほのかに甘みを感じたあと、塩気と濃縮されたキノコの味わいがふわっと口に広がった。

「僕はわざわざ椎茸を食べないんですけど、これ……あとをひく味ですね」

「なんだろうね、この手の止まらなさ。ビタミン豊富って聞くと、夜中に食べてもなんとなく気が楽で、よけいに止まらない」

寝て、食べて、気分転換。そう考えたら、気が楽になってきた。しかしその反面、また不安が持ち上がってくる。

「さっきの話ですけど、寝て、食べてたら、それだけで終わるんじゃないかって心配になってきました」

「宇藤君って、けっこう悲観的だね」

「この間もある人にそう言われました」

「何をしてても、作ってるもののことは頭から離れないじゃない。だから何もせずに寝て、食べてるわけじゃないよ。にっちもさっちもいかなくなったら、とりあえず基本に戻ってみれば？　俺なんかはまずスケッチを描くけどね」

「梵さんは立体を作っているのに、基本は絵なんですか？」

「そこまで深く考えてないけど、なんとなく」

梵がポケットから小さなメモを出した。ページをめくると、このあいだ描いたデビイの絵に続いて、駅の風景や人物、お菓子や飲み物の絵が線だけで描かれている。

「気晴らしにね。みんながスマホで写真を撮るみたいにサクッと描いておく」

「この間はデビイを見なくても、さらっとお描きになっていましたね」

「デビイは何回も描いているから、手が覚えてるよ」

絵に添えられた日付を見ると、ほぼ毎日、梵は何かしらを描いている。それを見ていると、数秒で描いてみせたのは日頃から描き慣れているのも大きい気がしてきた。

梵がメモをポケットにしまった。

「何に使うわけでもないけど、気になるものを描いておくと、思わぬところで役に立つときもあるし。宇藤君なら文章で風景をスケッチするとか」

「文章でスケッチ？」

「おかしいかな？　でもスケッチって日本語にすると、写生とか描写でしょ。国語の時間に風景描写とか、心理描写って言葉を聞いた気がするけど」

写真の代わりに、文章で風景を描写するという発想に、宇藤は考えこむ。たしかに街で耳にした会話を書き留めておいたり、その場の状況や話している人たちの服装なども覚えておいたりすれば、脚本にリアリティを与えられるかもしれない。

「なるほど……」

「しみじみと言うね。俺、なんかいいこと言ってしまったのかな」

「いいことです、ありがとうございます」

「じゃあ、もっと椎茸食べなよ、養分摂取だ」

軽やかに鉄階段を上がる足音がして、開け放したドアから会長の遠藤が入ってきた。

おお、梵さん、と、遠藤がサングラスをはずして、胸ポケットに入れた。

「こんなところに。すっかりなじんで、店番みたいだ」

「アフロの店番もいいでしょう。絵葉書が売れてるかどうか気になったから」

さきほど完売しました、と報告すると、遠藤が梵に頭を下げた。

「このたびは協賛をありがとう。しかもポスターまでご協力をいただいて。おかげさまで今回はこれまでにないくらい盛り上がってる。デビイもミケもキナコも、あちこちで女子たちに写真を撮られまくり」

それはよかった、と梵が微笑《ほほえ》み、遠藤に菓子をすすめた。

「椎茸のチップスか、いいね」

「元はといえば、会長の台湾みやげで知ったんですよ」

あれか、と遠藤が宇藤の隣に座ると、店の名前らしい中国語を口にした。

「台北《タイペイ》のあの店は中国茶の老舗だが、茶菓子もうまい。椎茸のほかに舞茸のチップスもあってな」

この店のもいけますよ、と梵が袋を軽く振った。

「綺里花さんが新宿のデパートの催事でドライフルーツを買ったときに見つけたんです。連絡先を書いた葉書をもらったんで、今は直接、ブルーベリーと椎茸チップスを通販してもらってます」

遠藤がチップスを食べた。

「うまいな。これを食べると、ビールが飲みたくなる」

ビールですか、と梵がしみじみと言った。

「今日みたいな秋晴れの日は、サンマでビールってのもいいですね」

「ビールというと、僕は餃子《ギョーザ》を連想します」

餃子、と梵がつぶやき、遠藤が腕を組んだ。

「それは最強かもな。ますます飲みたくなってきた」

遠藤が腕時計に目を落とした。

「おっと、もう五時だ。そろそろ店じまいをするか」

ぼちぼち行こうかな、と梵が腰を上げた。

「バー追分が開くまでまだ時間があるから、横丁のどこかで軽く飲んでいくか。じゃあね、宇藤君」

梵を見送ると、遠藤が軽く室内を見渡した。

「さて、片付けるか。発送が必要なものから梱包《こんぽう》しようか」

「売れ残ったものはどうするんですか」

「それなりにおさまるところがあるんだよ。ものの行き先が決まるまで、ここに二、三日置かせてくれるか」

「承知しました。それから売り上げのお金はどうしたらいいですか?」

預かろう、と遠藤が言い、振興会の名前で領収書を書いた。

「フリマの収益は振興会の運営費になるんだが、毎回、手伝ってくれたモモちゃんと純君には謝礼を出しているんだよ。君にもあとで出すからな」

「僕は専従職員だし、『新宿・花日和』に広告を出してくださるおかげで、連載もいただけてますから、謝礼は……」

あれか、と遠藤が笑った。

「心配するな、広告料はちゃんと値切ってある。そうだ、今日はモモちゃんと君に小麦粉を持ってきたぞ。彼女にまとめて預けてあるから」

「小麦粉って、何の小麦粉ですか？」

「パスタの小麦粉……この間のお礼だよ」

「ああ、あれ、あの白い粉」

「人様に誤解を招くような言い方はやめてくれよ」

遠藤のスマホが鳴った。液晶画面を見た遠藤が、あわてた様子で出口へ向かう。

「すまん、急用が入った。小麦粉の件はモモちゃんと相談してくれ。あとでまた来る」

遠藤が足早に階段を下りていく音がする。その足音を聞きながら「小麦粉か……」と宇藤はつぶやく。

遠藤が買い付けてきた小麦粉は極上の品と聞いているが、あまり料理をしないので、もらっても使い道に困ってしまう。それでも桃子に相談をしたら、おいしそうなものに生まれ変わらせてくれるかもしれない。

菓子を食べたばかりなのに、想像したら腹が鳴ってきた。

あとで事務所に来ると言ったが、遠藤は急な用事が片付かないとのことで、来られなくなってしまった。その代わりに遠藤に頼まれたと言って、伊藤純が五時半過ぎに事務所へ現れた。発送を依頼された茶簞笥と卓袱台を二人で梱包して、配送業者に引き渡すと夜の七時を過ぎていた。

思った以上に梱包が力仕事で疲れきり、純とともに宇藤は事務所を出て、一階のＢＡＲ追分に向かう。

階段を先に下りていく純の背中にも、かすかに疲れがにじんでいる。

意外に重労働だったね、と声をかけると、「そうですね」と返事が戻ってきた。

「純君はこれから仕事なのに悪かった」

「明日は休みですから」

その口調にこれまでにない柔らかさが少し感じられた。純は終始、無言で仕事をしていたが、共同で作業をすると心の距離が若干狭まるのかもしれない。

親しみを覚えて、宇藤は再び純に聞く。

「純君はどこに住んでるの？」

「着倒れ横丁です」

「梵さんのアパートがあるところだね。近所同士？」

そうです、とだけ答えて、純が足を速めた。これ以上、質問をするなという雰囲気だ。

階段を下りて表に回ると、ドアの脇の樽のうえに「CLOSED」の札がすでに置かれていた。昼間の営業から夜の営業に切り替える七時から八時半までの間は、バールでもバーでもない、BAR追分の時間だ。

ドアを開けると、桃子が忙しそうに立ち働いていた。

「いらっしゃい、宇藤さん。純君。今日は大盛況だったね」

「二階から見てたけど、若い人が多かった気がするよ」

「そうだね、うちもランチのときには若い女性の列ができたよ。……ところで今日は、まかないに手が回らなくて。ワンコインメニューの残りとピンチョス、スープでいいかな」

もちろん、と宇藤は言いながら、首をかしげる。

「ワンコインメニューの残り？　それってピンチョス三個とスパークリングワイン一杯じゃなかったっけ？」

「やだな、もう一個あるよ。ポスターをちゃんと見た？」

「もう剝《は》がしてあったから……昼間はずっと上にいたし」

もう！　と桃子が軽く怒ったような声を上げた。

「田辺《たなべ》さんに相談して、せっかく宇藤さん仕様のメニューを作ったのに。宇藤さんたら、張り合いなーい」

　事情がわからないまま、「ごめん」とあやまると、桃子が丸まっているポスターをよこした。

「これが二つ目のワンコインメニューです」

　ポスターを広げながら、デビイの台詞を宇藤は読み上げる。

「ええっと『ミニオムライスとサクランボのビール、またはお好みのソフトドリンク』。……オムライスだ」

　そうですよ、と桃子が少しツンとした顔で答える。

「宇藤さんのエッセイを読んだ人がくるかな、と思って。茶虎のキナコと三毛猫のミケの台詞も読んで」

「キナコが『ルビー色のビールはいかが？』。ミケが『オムライス日和のおともはフルーツビールで』。あ、この間のエッセイのタイトルだ。ありがとう」

　どういたしまして、と桃子が半月盆を出した。盆の上にはデミグラスソースがかかった小さなオムライスと、ポテトサラダをのせたピンチョス、サーモンとクリームチーズをのせたピンチョスが置かれている。

純が店の奥に歩いていった。

「純君、ごはんは？」

「今日はピンチョスだけでいいです。軽く食べてきたから」

「ドリンクはコーヒーで？」

「お冷やで」

はーい、と答えて、桃子が宇藤の隣にピンチョスだけをのせた半月盆を置いた。奥から戻ってきた純がピンチョスをつまみ、再び奥へ向かう。夜の営業の支度をしているようだ。

七時から八時半の間で、桃子はバールを閉め、純はバーを開ける準備をする。七時半を過ぎるとバーテンダーの田辺が来るので、その前にしておくことがきっと多いのだろう。

急いでオムライスを食べ始めると、「そんなに急がなくていいですよ」と桃子が言った。まだ声に少し棘《とげ》がある。

「ありがとう。それからワンコインメニューのこともありがとう。僕はぼんやりしているところがあって……気が付かなくてすみません。うれしいよ」

「気分が良くなってきた」

「すみません、ほんと」

「うん、とても気分が良くなってきた」

桃子が笑った。目尻が優しくゆるんで、あたたかい心地がする。

「おかげさまでオムライスセットはとても人気があったの。とくにサクランボのビールが好評で」

「それは何？　フルーツビールってのは、そもそも何だろう。初めて聞いた」

奥から戻ってきた純を桃子が呼び止めた。

「純君、説明をプリーズ」

「いいよ、忙しそうだから、また今度で」

フルーツビールというのは……と言いながら、純がカウンターのなかに入った。

「名前のとおり、フルーツを使ったビールです。ビールの苦みが苦手という人や、女性におすすめです。色もきれいだし」

「甘いのかな？」

「甘いといえば甘い。全体的に飲みやすいです。今日、出していたのはベルギービールのブーン・クリーク。ランビックという自然発酵のビールの一、二年ものにサワーチェリーを漬けこんで、そのあとまた若いランビックとブレンドして、二次発酵させたビールです」

口元が少しすぼまった形のグラスがカウンターに出された。深いルビー色のビールが入った様子は赤いチューリップのようだ。

「これがそれ？　いただいていいの？」

純が背中を向けて、何かを片付けだした。代わりに桃子が「どうぞ」と言った。

「本当はオムライスと一緒に出そうと思ったんだけど、私がヘソを曲げたからタイミングが遅れただけ」

「曲がったヘソは戻ってくれたのかな。とても反省してるんだけど」

洗いものをしながら、桃子が笑った。

「戻りました。宇藤さんって、たまに可愛らしいことを言うね」

軽くあしらわれた気がして、ブーン・クリークのグラスに手をのばす。

ルビー色のビールに浮かんだ、きめ細かな白い泡が華やかだ。グラスを傾けると、サクランボの香りと甘みが感じられて、たいそう飲みやすい。ビールのようで、ビールと感じさせない味は、年上なのか年下なのかわからない女性のようだ。

あ、そうだ、と桃子が白い布で手を拭いた。

「さっき、仙石さんが、今回のご祝儀？　謝礼だって、みんなに封筒を置いていったんだ」

桃子が三つの封筒を扇のように広げて、手で持った。

「はい、みんな、好きなのを引いて。中身は一緒だけど」

先に取るようにと純にうながされて、宇藤は袋を一つ取る。続いて純が取り、残った封筒を桃子が手にした。

のり付けされた封を開けると、なかに三万円が入っていた。

「佐々木さん、けっこう高額なお金が」

「今年はフリーマーケットの売り上げがすごく良かったから、はずんだって、おっしゃってたけど……去年より一万円多い」

ほんとだ、と純がつぶやいた。

いいのかな、と宇藤が封筒のなかを見る。

「佐々木さんと純君はともかく、僕は職員としての給料をもらっているのに」

「でも宇藤さん、すごく働いていたじゃない。ポスターとかオークションとか、新しいことを企画していたし。ねえ、純君」

純がうなずいた。それだけなのに妙にうれしい。

「でも、なんだか加盟店のみなさんに悪いいな」

それならね、と桃子が皿を拭き始めた。

「毎回、『ねこみち感謝祭』が終わると翌週の日曜日に収支報告を兼ねた軽い打ち上げがあるの。私たち、いつもそこに差し入れをしている。私は軽いおつまみ、純君はビールなんかをね」

「打ち上げの場所はどこ？」

「ここの二階、宇藤さんち。打ち上げはいつも事務所で乾き物とビールとソフトドリンクで乾杯するの」

「どうして乾き物で？　飲食店関係の人たちばかりなのに」

「昔は有志がお料理を持ち寄ったらしいんだけど、そのうち、差し入れを持ってこないとまずいって雰囲気になって……さらに持ってきた料理が少ないとか多いとか、高いとか安いとか、ややこしい話になったんだって」

寿司《すし》を取ろうとした年もあるらしい、と純があとに続けた。

「そう、その年はね、どこのお寿司を取るかで、またややこしい話になったそうなの」

「何をしても、ややこしくなるんだ」

「結局、差し入れはお酒だけ。どのお店の料理にもかぶらない乾き物をつまんで乾杯して終わりにするようにしたんだって。でも謝礼をいただいている若者チームが食べ物を差し入れする分には角は立たないから」

「何を差し入れするの？」

「私はピンチョス。純君はビール一ダースのときもあったし」

「デパ地下のオードブルセットのときも」

「それなら僕は何を差し入れしたらいいんだろう。やっぱり酒？　それとも……」

遠藤が小麦粉をくれたことを、宇藤は思い出す。イタリアでもなかなか手に入らない、極上の小麦粉だと聞いている。

「佐々木さん、パスタの小麦粉って、餃子の皮は作れるのかな?」

餃子の皮?　と桃子が問い返した。

「僕は餃子だけは得意なんだけど」

「餃子を包むのが?　それとも皮と餡《あん》を作って包んで焼くまですべて?」

「すべて。うちの母は餃子の皮は自分で作ったほうがおいしいって人なんだけど、うちは男二人の兄弟でね、とにかく数を食べるんで、母一人で餃子の皮を作って包んでいると、絶望的な気分になるらしい」

「作る時間は長いのに、食べるときは数分で消えそうだもんね」

カウンターに背を向けて、酒瓶をチェックしていた純の背中がかすかに揺れた。笑ったのだろうか。

「それで僕と兄が餃子の皮や餡を作ったり、包む手伝いをするようになって。だから餃子は得意なんだ」

「可愛い兄弟だね」

「見たら、そうは思わないよ。兄は僕と同じぐらいの身長で身幅はもっと広い。ところで、遠藤会長がくれた小麦粉だけど、それで餃子はできないかな?」

おすすめしないな、と桃子が考えながら言った。

「できないことはないだろうけど、あれはパスタに適した最高の品種だから、パスタにするのが一番おいしいと思う」

「そうか……それなら話は少しそれるけど、その小麦粉、僕の分は佐々木さんに贈呈するよ。佐々木さんがパスタにするときに一度だけ食べさせてくれたら、あとは好きに使ってくれれば」

「会長さんがくれた粉は、宇藤さんの分は約二十五回、生パスタが食べられる分あるよ」

「残りの二十四人分はお店で出すなり、友だちと食べるなり、どうぞ好きに使って」

うーん、と桃子が悩んだあと、「よし！」と勢いよく言った。

「それなら、こうしようよ。宇藤さんの小麦粉をもらうかわりに、私が餃子用の粉を提供するよ。三人でお金を出し合って、餃子とビール一ダースを振興会の人に差し入れない？」

どうかな？　と桃子が純を見る。

そうですね、と言ったきり、純が黙った。

「役割分担はね、宇藤さんが餃子を作る。私が焼く。純君がテーブルに運んだり、グラスを下げたり。どう？」

桃子が鉛筆を手にすると、カウンターの内側で何かを書きだした。

「せっかくだから焼き餃子と水餃子、両方を出さない？　どっちもビールに最高に合うよ」

それは合うね、と言ったら、「でしょ」と桃子が手にした鉛筆を軽く振った。

「さっそく宇藤さん、必要なものを書きだして。お店の仕入れのついでに私が頼んでおくから。餃子パーティだ。純君、どう？」

「わかりました」

桃子が少し、ためらうような顔をした。

「もしかして、純君はあまり乗り気じゃない？」

いいですよ、と落ち着いた声がした。

「賛成します」

宇藤さんは？　と桃子がたずねた。

「賛成。でも責任重大だな。僕は好きだけど、我が家の味っておいしいのかな？」

大丈夫、と桃子が気楽そうに、グラスを布で拭った。

「小麦粉と肉の取り合わせは、どう転んでも絶対おいしいって」

「そういうもの？」

そういうもの、と桃子が語尾に弾みをつけた。その隣で氷を割りながら純が言う。

「モモちゃんはたまに大ざっぱなことを言うね」

そうかな？　と桃子が隣の純を見る。氷を割っていた純が微笑んだ。

おそらく二十歳前後、もしかしたら十八、九に見えるのに、この人は誰よりも落ち着いている。

背筋をすっと伸ばし、伏し目がちに氷を割る仕草の優雅さを見て、どういう経歴の人なのかと宇藤は思う。

男装の麗人という言葉が頭に浮かんだ。

この街はそんな青年がいても不思議ではない場所だ。


うまい！　と声が上がり、「ビール、ビール！」と呼ぶ声がした。

三人並んで座れる会議用テーブルを向かい合わせ、六人が着席できるようにした『島』が四つ。振興会事務所のソファとテーブルを撤去して設けたその島のすべてから、ビールを求める声がする。

――管理人さん、お酒、持ってきて。

――こきつかっちゃだめだよぅ、管理人さんを。

――だったら、伊藤君、ビール。

――管理人さん、餃子が足りない、もっと持ってきて。

口々に言われる声に軽く混乱しながら、宇藤は答える。

「はい、ちょっと待ってください。餃子は今、追加を焼いていますから」

涼しげな顔で純がビールを六缶、運んでいくと、運んだ先のテーブルでなぜか拍手がわいた。

——ビールが来たぁ。

——男前も来たぁ。

——管理人さんもこっち来てぇ。

ビールと日本酒とワインと焼酎。みんなが持ち込んだ酒の種類が多すぎるのだろうか。このテーブルは悪酔いしている女性ばかりだ。

あとで、と答えて、宇藤はあわててキッチンへ戻る。

『ねこみち感謝祭』の収支報告と打ち上げを兼ねた会は、例年、会計報告のあとで乾杯をしたあと、一時間ほどで解散していたという。そのあと振興会の会員は仲の良い人同士誘い合って、飲みにいっていたようだ。

ところが今回、ＢＡＲ追分の三人で、餃子とビールを差し入れしたところ、一時間半が経過した今も解散の雰囲気はなく、みんなは飲み続けている。

出席者一人につき十個で見当を付け、予備にもう十個足して作った二百五十個の餃子は、瞬く間にほとんどが人々の胃におさまった。もう少し食べたいという声が上がったので、会のあとで三人で食べようと、とっておいた分を急遽《きゆうきよ》茹でたり焼いたりしているところだ。

キッチンでは桃子が茹であがった水餃子を鍋からすくっている。

すごいね、と桃子がテーブルのほうを見た。

「だけどみんな、すごく酔ってない？　お酒が進みすぎたかな」

「これが店なら大繁盛だけどね」

本当だ、と桃子が笑って、水餃子の皿を出した。

「はい、どうぞ。焼き餃子は今、焼いているので最後ね」

了解、と言って、宇藤は水餃子を入れた皿を運ぶ。

おお、と声がして、ＤＶＤのレンタル店の店主が軽く背中を叩《たた》いてきた。

――管理人さん。うまいよ、うまい、水餃子。皮がモッチモチして、なかから肉汁があふれ出て。こんなに水餃子がうまいとは思わなかった。

皮がいいのよね、と年配の女性が言った。

――ほのかに甘くて、ぷりぷりして。

――あっさりしてるせいか、いくらでも入る。

いやいや、とビールをあおるように飲んでから、ふくよかな中年男性が言った。この人はカレー店の店主だ。

――焼き餃子がいい。このパリッとした皮と、こぼれ出る肉汁がたまんねぇ。

たしかに、と焼き鳥店の店主がうなずいた。

――ビールが合うねえ。このじゅわっとあふれる肉汁をホップの苦みでさっと流して、ハイ、もう一個。……アチチ、この餃子、まだかなり熱いぞ。あれ、たれがない。

柚子《ゆず》胡椒《こしょう》を、と宇藤は柚子胡椒が入った器を勧める。

「焼き餃子を柚子胡椒で食べると、肉汁に柚子の香りとピリッとした味がのって、おいしいです」

何、言ってるの、と、酔いがまわったのか、真っ赤な顔をした海鮮居酒屋の店主が軽く手を振った。

――餃子はオーソドックスに酢醤油&ラー油がベストだよ。ま、柚子胡椒もいっとこか。

柚子胡椒で餃子を食べた店主が「ごめん」と頭を下げた。

――悪ぅございました。焼き餃子&柚子胡椒もいけました。あれ？　管理人さん、こっちの焼き餃子は明太子？

「明太子味と、チーズを入れたものもあります」

――明太子餃子、うめー。ビール！

――チーズがとろけるぅ。チーズ入りもいい！

管理人さん、と後ろのテーブルから声がかかり、宇藤は新たな六人が座る場所に近づく。

すごいね、とパン屋の主人が笑っている。

――変わった特技を持ってるね。管理人さん、皮から手作りしたんだって。

――店が出せるよ。

――脚本はやめて、餃子屋になれ。三人で餃子屋やれ。

――どうして、こんなにジューシーなの？

「母親のレシピなんで、どれが理由かわからないんですけど、たぶん餃子の餡に顆粒《かりゅう》のコンソメと酒を少し入れてるおかげだと思います」

牛飯屋の女将《おかみ》が隣の女性に話しかけた。

――お母様がうらやましい。こんな立派な息子さんを持って。

――横丁にも若い人が増えて、よかったね。

――ポスターも面白かったし、人も増えてきたし。

その言葉を聞いていたら、なぜか胸のあたりがあたたかくなってきた。誰かに喜んでもらえるというのはうれしいことだ。

おおい、と会長の遠藤の声がした。

「三人とも、もう酒は運ばなくていいから、座って飲みなさい。宇藤君、こっちに来いよ」

遠藤がいるテーブルに行くと、振興会の幹事が集まっていた。専従職員なのに、謝礼を出してくれたことに礼を言うと、一人の幹事が笑った。

――いいんだよ。横丁のオッチャン、オバチャンたちが年に一回、若い人たちにお小遣いをあげたいっていう気持ちの表《あらわ》れだからさ。

――今回はオークションのおかげですごく潤ったし。

――ところでこの餃子、水餃子と焼き餃子は皮を変えているの？

「水餃子は強力粉だけ、焼き餃子は強力粉に薄力粉を混ぜています」

――宇藤君、本当に餃子屋やる？　店なら空いているところがあるぞ。

「今のところは……」

伊藤君、と誰かが純に声をかけた。

――歌ってくれよ！

――踊れなくても歌なら大丈夫だろ。

空いたグラスを集めていた純が首を横に振ると、静かにキッチンに戻っていった。

――そういうこと言うんじゃないよ、この唐変木《とうへんぼく》。

甘味屋『ミコ』のママが怒っている。それを眺めて、宇藤は遠藤にそっと聞く。

「純君はひょっとして芸能関係の人ですか？」

野暮なこと聞くなよ、と遠藤がビールを飲んだ。

「過去なんてどうだっていいじゃないか」

過去ということは、昔はそうで、今はそうでないのだろうか。

詮索している自分に気付いて、宇藤は小さく笑う。

今は何をしているのかと人に聞かれるたび、いつも身構えて言葉に詰まってしまう。それなのに他人に対しては、ずいぶん気楽に詮索している。

ビールを手にして、人々を眺めた。今日の宴会の様子はあとで思い返して、文章でスケッチに残すつもりだ。そうして見ていると、ちょっとした動作にも性格があらわれているようで興味深い。

遠藤が腕時計を見て、「そろそろお開きにしようか」とみんなに声をかけている。

人々がテーブルの上を片付け始めた。大皿を運んできた桃子が困った顔をしている。

「えっ、もうお開き？　今、最後の餃子が焼き上がったところ……」

——モモちゃんが食べなよ。お疲れ！

「そう？　そうしようかな……」

大皿を持ったまま、桃子がキッチンに戻っていった。

情景を文章で描写するには、対象を丁寧に眺めることが必要だ。それがわかったとき、気になるものはいつもスケッチをしているという梵の行動の意味が理解できるような気がした。もしかしたら、スケッチを残すことより、心動かされたものに目を向け、注意を払うという意識が大事なのかもしれない。

あなたの脚本は面白いが、人物が書けていない。シナリオ学校の講師はたびたびそう言っていた。おそらくそれがデビューを阻んでいる理由だ。

しかしこうした視点や意識を得ることができたら、自分の書くものが変わってくるような予感がした。

打ち上げが終わり、みんなで手分けをして軽く事務所を片付けると、振興会の人々は帰っていった。そのあとキッチンを見ると、最後に焼いた餃子が十八個残っている。桃子と純の三人で食べたが、最後の六つがどうしても腹に入らない。処分をしようかと迷っていたら、桃子が持ち帰っていった。

その翌朝、朝食をとりにバール追分に行くと、桃子がごはんと一緒にスープを出してくれた。刻んだ青ねぎがたっぷりと入ったコンソメスープで、なかに昨夜の焼き餃子が入っていた。

餃子のスープだ、と思いながら、具を一口かじる。カリッと焼かれた餃子の皮にコンソメ味のスープがしみ、餡の肉汁と豊かに溶け合っている。青ねぎの香りも食欲をそそり、力がわいてくるような一椀《わん》だ。

「焼き餃子をスープに入れるなんて、初めて見たよ」

「私もこの間、初めて体験した味。九州料理のお店で」

洗い物をしていた桃子が、リンゴの皮を剥き始めた。

「鉄鍋餃子を食べきれずに残したら、お店の人がこうしてスープにしてくれたの。おなかいっぱいだったのに、あまりにおいしくて全部食べちゃった。それで真似《まね》をしてみた。初めて作ってみたけど、いけるね。餃子自体がおいしいし」

餃子を食べながら、宇藤は椀のなかを見る。

「焼き餃子をスープにしたら、油が浮きそうなイメージがあるのに、あまり浮いてないね」

「昨日の夜、作って冷蔵庫に入れておいたの。そうすると油分が冷えて固まるから、それを取りのぞいた。全部取ると、うまみが消えちゃうから、朝に食べてもヘビーじゃない程度に少し残して」

打ち上げが終わったあと、桃子がこの料理を仕込んでいる姿を思った。昨夜、自分が机に向かって宴席のスケッチを書いていたとき、彼女も初めて作るという料理に取り組んでいたのか。

みんな、それぞれの場所で、それぞれの技を磨いている。

どうしたの？　と桃子が聞いた。

「宇藤さん、うれしそう」

「力というか、元気が湧いてきて」

「ほんと？　本当？　うれしいな、ありがとう、宇藤さん」

何に対して礼を言われたのかわからないが、宇藤は飯碗《めしわん》を手にする。ふっくらと炊かれた白飯をかきこんだら、気持ちが晴れてきた。

「おかわりいかが、宇藤さん？」

お願いします、と碗を出す。ごはんをよそいながら、桃子が微笑んだ。

「宇藤さん、卵かけごはんは好き？　今日は朝採りの卵が届いてるの。二杯目は卵かけでいっとく？」

いつもは遠慮してしまうのに、今日は素直に桃子の提案にのりたくなった。共同で作業をすると、やはり心の距離が少し狭まるのかもしれない。

「いいですか？」

「もちろん。うんと力をつけてね。はい、卵」

卵を小鉢へ割り入れ、ぷっくりとふくらんでいる黄身に醤油をさす。醤油が黄身の表面をすべり落ち、白身部分に流れ込むのを見てから、カッカカッと音を立てて、リズミカルに卵を箸でかきまわす。ごはんの中央に浅いくぼみをつけ、溶き卵をそこへ静かに流し入れる。

あたたかいごはんの間に卵がしみていく。再び軽くかきまぜ、一気にかきこむ。卵がしみた飯の味を堪能したら、熱い餃子スープをすすった。

うまい。

卵かけごはんは朝の至福、朝の活力だ。

アイディアの種に水と養分を与え続けたら、必ず芽が出てくると梵は言っていた。養分とは、常に作品のことを考えながらも、よく寝て、食べて、気分転換をすることだと。

力が出る朝ごはんを食べながら考えた。

夢を追いかける自分を恥じるのはもうよそう。今はあせらず、技術を磨き、力を蓄えていけばいい。

再び、卵かけごはんをかきこむ。

勢いをつけて土を突き上げ、芽吹きに向かって進んでいける気がした。

第4話

森の隠れ家《リトリート》

日曜日の昼下がり、遠藤からもらった極上の小麦粉で桃子が打った生パスタを、宇藤はカルボナーラで味わう。

少し細めの平打ち麺に、卵とチーズが溶け合った濃厚なソースがよく絡む。フォークで丸めて口元に近づけると、たまらなくうまそうな香りがする。桃子によると、この香りはブロックベーコンの薄切りを白ワインで炒めたものと、すりおろしたパルミジャーノ・レッジャーノというチーズ、卵、そして極上の小麦粉の風味の融合だという。

このカルボナーラは日本ではローマ風と呼ばれる、生クリームを使っていないソースらしい。本当はベーコンの代わりにパンチェッタと呼ばれる塩漬けの豚肉を使いたかったそうだが、バー追分で燻製《くんせい》を取り寄せている静岡県の店から、おいしいベーコンをブロックで取り寄せたので、それを使ったという。

このベーコンを弱火でじっくりと焼き、そこからしみ出た脂でこんがりと焼いたベーコンエッグが昨日の朝食に出た。これも途方もなく美味だった。桃子にすすめられて、カリッと焼いたベーコンで黄身をすくうようにして食べたのだが、香ばしい脂と肉に卵がとろりと絡《から》むことで、それぞれの味が濃く感じられ、朝からごちそうを食べているという気がした。

パンチェッタというイタリアの塩漬け豚は、おそらく美味に違いない。しかし代わりに使ったと言いつつも、日本の職人が山奥でこつこつと燻《いぶ》したという、このベーコンもかなり良い勝負をするのではないかと宇藤は思う。

卵とチーズが溶け合ったソースと麺を味わったあと、今度はベーコンも一緒に食べてみる。ベーコンのカリッとした赤身とふわりとした脂身が、麺の味わいを香ばしく引き締めた。

「どう？　カルボナーラ？」

桃子の声に、宇藤は顔を上げる。食べるのに夢中で、ずっと黙っていた。

おいしいです、と賞賛の気持ちをこめて答えたら、桃子がふんわりと微笑《ほほえ》んだ。やわらかそうな髪が、今日はいつにも増してフワフワしている。

「宇藤さん、黒胡椒《くろこしょう》の追加はいかが？」

礼を言って、宇藤は木製のペッパーミルを受け取る。引き絞るようにして皿の上でミルを数回動かすと、挽《ひ》き立ての黒胡椒がカルボナーラのソースと調和して香り立った。

たまらないな……と思いながら、フォークで麺を丸める。挽き立ての胡椒がこんなに良い香りがするとは知らなかった。

この生パスタは二日前の夜、店で出せる量を作りたいので手伝ってくれないかと桃子に頼まれ、二階の事務所のキッチンで作った。

パスタを打つのはとても難しいことだと思っていたが、小麦粉をオリーブオイルと卵で練って数時間寝かせたものをパスタマシンにかければでき上がりだった。小麦粉は桃子が店の仕事の合間に練ってすでに寝かせていたので、二階で手伝ったのはパスタマシンから出てきたパスタを干す作業だ。

できたパスタはしばらく熟成させるとさらに風味が増すらしい。しかし作りたてを食べるのも自家製の醍醐味《だいごみ》と言って、桃子が持参の唐辛子とニンニクとオリーブオイルでペペロンチーノを手早く作ってくれた。ガーリックとオイルだけのソースだが、練った小麦の風味と弾力がじかに感じられて、素材が良いと、具がなくても満足できるのだと思った。

しかし今日、冷蔵庫で熟成された麺をカルボナーラで味わうと、作りたてとはまた違う、さらに豊かで豪華な味わいがする。

カルボナーラの最後のひとくちをベーコンと一緒に口にしたとき、店の電話が鳴った。桃子が電話に出る。

こんにちは、先生、と桃子が答えている。

「今日の定食は自家製パスタのカルボナーラかミートソース。あと、ペペロンチーノもできます。かしこまりました。お待ちしています」

桃子が受話器を置きながら「久保田先生がいらっしゃるよ」と言った。

「久保田先生って、森の鍼灸院《しんきゅういん》の？」

森の鍼灸院は横丁のなかほどに位置する建物の二階にある。一階には元は喫茶店が入っていたらしいのだが、今は空いており、そのせいか寂しげな雰囲気がする場所だ。

「あの鍼灸院がある建物の前を通ると、奥に森って表札がかかっているけど、久保田先生しか見かけないよね」

「あそこは森先生っていうおじいちゃん先生の自宅兼鍼灸院で、久保田先生はそのお孫さん。久保田先生はずっと初台《はつだい》に住んでたんだけど、おじいちゃん先生が亡くなられたから、こっちに引っ越してきたの。宇藤さんが引っ越してくる少し前あたりに」

「おじいちゃん先生が住んでいたスペースに越してきたってこと？」

「そういうこと。横丁にお店を開いていても、住まいは別って人が多いから、貴重なご近所さんだね」

「ご近所さんか……」

二日前の夜、パスタマシンが重かったので、それを一人で持ち帰ろうとする桃子をとどめ、彼女の家までマシンを運ぶのを手伝った。桃子の住まいはＢＡＲ追分の右手にある花屋の二階で、実はかなりの近所同士だった。

「宇藤さん、食後の飲みものはいつものでいい？」

「ありがとう、お願いします」

最近、夜のバーでも昼のバールでも「いつもの」という言葉が定着してきたのがうれしい。これが常連というものなのだろうか。

バールの扉が開いた。久保田かと思ったら、『おだしや』の悟郎だ。

「おっ、宇藤さん、まいど。ところで聞いたよ、モモちゃん」

「ん？　何を？」

桃子がのんびりとした口調で聞いた。

「今日のランチはすごい小麦粉で作ったパスタだって？　昨日、会長さんに聞いてさ」

「ありがとうございます。悟郎さんの前だと少し照れるんだけど、いい仕上がりだと思います」

「麺食い、コナもん好きとしては、見過ごせないと思って。今日は休みだけど横丁まで来たよ」

「何になさいます？」

悟郎がカウンターに立てかけられた黒板に目をやる。

「モモちゃんが今、作ってるの、それミートソース？」

「そうです、これは久保田先生の分。そろそろいらっしゃるんです」

ドアが開き、久保田が入って来た。肩にかかった黒髪と、色白で小作りな顔がやさしげで清楚《せいそ》だ。たまに鍼灸院の前で見かけるときは白衣を着ていて、それを見ていると、いつも保健室の先生を連想してしまう。

先生、まいど、と悟郎が挨拶をした。

「あとで行こうと思ってたんですけど、今日、空いていますか?」

「三時半以降でしたら、いつでも。低気圧が近づいているから、早めにいらしたほうがいいかも」

「じゃ、四時でどうですか?」

悟郎に「お待ちしています」と言って座ろうとした久保田が、視線を投げかけてきた。宇藤が軽く目礼をすると、席に着かずに近づいてくる。

「管理人さん、ご挨拶がまだでしたね」

久保田です、と差し出された名刺には「鍼灸　マッサージ　久保田頼子《よりこ》」とある。名刺を持つ手が白くてきれいだ。

「ごめんなさいね、公式サイトの原稿をお願いしなくて」

「いいえ、そんなのは別に……」

「祖父のあとをどんなふうに継いだらいいのか迷っていたときなので、インタビューをされても答えようがないと思って」

「そうでしたか。もう……」

迷いは解決したのかと聞きそうになるのを、宇藤は止める。

立ち入ったことを聞くのは、遠藤が言うところの『野暮』なことかもしれない。

頼子が静かに微笑み、一つ空いた席に座った。

「院を継ぐことは決めたんですけど、これからは自分らしさを出していこうと思って、診療の内容や内装を少しずつ見直しているところです」

桃子がパスタの皿を頼子の前に置いた。トマトソースでよく煮込まれた挽肉がパスタの上にのっている。黄みを帯びた麵の上にオレンジ色のソースがのっているさまは、見るからに明るくてほがらかだ。

いい匂い、と頼子がパスタの湯気に目を細めた。

「モモちゃんのフレッシュなトマトソースもそろそろ終わり？」

「さっき、とっておきだった最後の瓶を開けました。今年のトマトはこれで本当にお仕舞いです」

よかった、と頼子がフォークに手をのばす。

「カルボナーラかペペロンチーノかとも迷ったんだけど、そろそろトマトソースが終わりだと思って」

そうか、と悟郎がうなった。

「ミートソースだと、フレッシュパスタにモモちゃん秘蔵のトマトソースが使われるのか。迷うな」

悟郎さんとも話していたんですけど、と桃子が頼子にちらりと生パスタを見せた。

「手前味噌《みそ》ですけど、今日のパスタは素敵なんですよ……遠藤会長がイタリアから輸入してきた、ものすごーく素敵な小麦粉で打った生パスタです」

頼子がパスタを口に運ぶと、すぐに手で口元をおさえた。その顔に笑みが広がっている。

「おいしい。なんだろう、麺にトマトとお肉のソースがしみこんでいるみたいな」

「味見をするたび思うんですけど、重めのソースがよくなじみますね」

パスタだけを食べてみようかな、と頼子がソースがかかっていない部分を少し食べた。

「なんだろう、この深みは？　小麦っておいしい。シンプルに麺だけをいただいてもおいしそう」

決めた、と悟郎がうなずいた。

「モモちゃん、ペペロンチーノを頼んます。でも珍しいね、ニンニクを利かせた料理をするのは」

「今日は夜のバーが休みなので、ガーリックを利かせても平気なんです」

「やっぱ、匂いが残るものって気を遣う？」

「匂いには気を遣いますね。大丈夫とは思うんですけど、揚げ物とか、香辛料が強いものは、なるべくバーの営業がない日にしています」

今日のペペロンチーノですけど、と桃子がオリーブオイルの瓶を手にした。

「またまた手前味噌なことを言っちゃうんだけど、仕上げに使うオリーブオイルも素敵なんです。飲みたくなるぐらいにおいしい極上のオリーブオイル。とてもフルーティで」

桃子がオイルを少し小皿に注ぐと、悟郎と頼子に渡した。

本当、と頼子がつぶやく。

「果物みたいな香りがする。これがオイル？」

「バゲットに軽くつけてもおいしいんです。はい、宇藤さんも」

桃子が渡してくれた小皿の匂いを宇藤は軽くかぐ。たしかにさわやかな青い香りがする。

「本当にフルーツみたいだ。リンゴっぽい？」

桃子が軽くうなずいた。なぜか少しうれしそうだ。

「そうなの、リンゴ。青リンゴみたいな香りって言われているみたいだよ。遠藤会長は毎朝、絞りたてのにんじんジュースに、このオイルをひとさじ入れて飲んでるんだって」

頼子が目を閉じて、オイルの香りを再びかいでいる。

「モモちゃん、私、このオイルだけを味わうピンチョスをいただきたいかも」

「オリーブオイルを？　では軽くあぶったバゲットとお塩の小皿をお出しします」

いいねえ、と悟郎がオイルを指ですくって軽くなめた。

「俺もそれひとつ、いや二つ。焼かなくっていいよ。ひとくちビールも頼もうか。いや、ワインか？　やっぱり今日はビールだな」

悟郎が「ひとくちビール」という、小さなグラスで出すメニューを追加した。

「本当はグイグイ飲みたいけど、先生のところに行かなきゃいけないからな。酔っててはまずいですよね、先生」

「まだ時間があるから大丈夫でしょうけど、お酒が抜けないうちは危ないから鍼灸はできませんね」

「じゃあ、モモちゃん、ひとくちビールのビール少なめで」

「承知しました。宇藤さん、バゲットはあぶる？　そのまま？」

僕にも？　と聞き返したら、「遠慮せずどうぞ」と桃子がすすめた。

「では……両方。どう違うのか試してみてもいいかな」

桃子が了解、と言って、手を動かし始めた。

いいお昼、と頼子がパスタをフォークに絡めた。

「乾麵もおいしいけど、自家製のパスタって本当においしいものね」

ありがとうございます、と桃子が潑剌《はつらつ》と礼を言い、メニューを書いた黒板を見た。

「今日のランチはたくさんの方に召し上がってもらいたいな。でもお天気がね……」

不安定よね、と頼子が桃子の言葉のあとを引き取ったとき、ドアが開いた。

若い女性が三人、店内を見回しながら入ってくる。

一人は黒い革ジャンに同じ色のスカートに網タイツ、もう一人はメイドのような服、というよりも衣装、もう一人は落ち着いたサーモンピンクのワンピースだ。革ジャンとメイド服は十代後半か、ワンピースの女性は二十代前半ぐらいに見える。

大歓迎といった表情で「どうぞお好きな席に」と桃子が声をかける。

革ジャンの女子が冷たい目で桃子を見て、あとの二人は不安げな顔になった。

「ちょっと、いいですか」

ワンピースの女子が桃子に声をかけた。三人のなかで一番大人びた服を着ているせいか、物腰が落ち着いている。

「なんでしょうか？」

「シドウさんがこの店で働いているって話を聞いたんですけど。たぶん本当は別の名前？よく似た名前だと思うけど、若い男性です」

「シュッとした人」

革ジャンの女子がハスキーな声で補足する。

悟郎と目が合った。シドウというペンネームなのか、と言いたげだ。

あわてて宇藤は首を横に振る。ペンネームを使っていないし、そもそも『シュッとした人』というのは、涼しげで格好いい人という意味合いだ。どう考えても違う。

「昼は私が一人です」

桃子の言葉に「マジ？」と革ジャンの女子が言った。赤い口紅を付けて、背伸びをしているが、首やあごのあたりの華奢《きゃしゃ》さがあどけない。

「あのさ、二時から五時の間に超イケメンが、ここにいるって噂《うわさ》も聞いたんだけど」

再び悟郎と目が合い、宇藤は思わず顔をしかめる。どこの誰が言ったか知らないが、伝言ゲームならひどい間違えようだ。

桃子が困った顔をして、革ジャンの女子を見る。

「その方に何かご用が？」

「あるから来たんだけど」

振興会の加盟店の人だろうか。見覚えはないが、加盟店で働いている従業員たちかもしれない。

意を決して立ち上がり、宇藤は女性たちに声をかける。

「あのう、振興会の方ですか？」

「ナニソレ？　てか、誰、アンタ」

「そういう言い方はやめなよ」

ワンピースの女子が軽く革ジャンを制すと、「ごめんなさい」と頭を下げた。

「私たち、シドウジュンヤの私設ファンクラブの代表なんです。ジュンヤ君、今日がお誕生日だから、どうしてもおめでとうって言いたくて。私たち、忘れてないよ、いつまでもジュンヤ君を待ってるよって、声を届けたくて。ネットでここにいるって噂が流れてたから」

「……ってかさ、二時五時にいるシュッとした男って、誰よ」

「おそらく僕で……」

「ないわー」

革ジャンの女子が言葉を遮ると、メイド服が首を振った。

「ないない、ない！」

「ありえねえ！」

とどめを刺すように革ジャンに言われ、力が抜けつつ宇藤は席に戻る。見ず知らずの女性たちから、続けざまに全力で否定されたのは初めてだ。

「どうぞ、悟郎さん」

桃子が悟郎の前に料理の皿を出す。ワンピースの女子が丁寧に頭を下げた。

「それなら失礼します。おさわがせしました。これってテイクアウトできます？」

「ピンチョスですか？」

騒がせたわびのつもりなのだろう、ワンピースの女子が大皿に置かれたピンチョスを指差している。

「お持ち帰りはできますけど」

「なら、このシュークリームのピンチョス？　三個ください」

「一個六十円で百八十円です」

「ヤッス！」

革ジャンの女子が言う。「安い」と驚いたようにも、「安物」と馬鹿にしているようにも聞こえる。

「じゃあさ五個にして。アタシ払うよ三百円、ハイ」

革ジャンの女子がポケットに手を突っ込むと、三百円を桃子に渡した。

桃子が包んだピンチョスを受け取ると、三人は出ていった。

なんじゃありゃ、と悟郎がつぶやいたのち、再び視線をよこした。

「……宇藤君がへたばってる」

「ありえねえって言葉、破壊力があって……」

「飲め、宇藤君。ひとくちビールをおごるよ」

桃子がドアのほうを見ながらつぶやいた。

「これでよかったのかな」

よかったと思う、と頼子が紙ナプキンを口に当てた。

「モモちゃん、質問には誠実に答えたもの。……私もあとでシュークリームのピンチョスをいただこうかな」

それから二十分後、食事を終えた頼子がドアを開けると、雨の音が聞こえてきた。

降り出してきた、と頼子が空を見上げている。

「先生、傘をどうぞ」

「お借りしていい？　たいした距離ではないけど」

「僕が持ってきますよ」

カウンターを出ようとする桃子を制して、宇藤は客に貸すためのビニール傘を奥から出してくる。

外にいる久保田に渡すと、空はひどく曇っていた。降り出した雨のせいか、湿ったアスファルトの匂いが漂っている。

雷が鳴りそう、と言って、久保田が雨のなかを歩いていった。

席に戻りながら、シドウジュンヤとは、伊藤純のことだろうかと宇藤は考える。

椅子に座り、スマホを手にした。シドと検索の文字を打ちかけてやめる。

粋《いき》、普通、野暮。この三つの境界線はわからない。しかし興味があるのなら直接、純に聞けばいい。相手が語りたがらないことをインターネットでこっそり調べるのは、おそらく野暮なことだろう。

シドウジュンヤ、か。

夜の七時、『森の鍼灸院』の久保田頼子は、診療を終えた患者が治療着から私服に着替えるのを待ちながら考える。

バール追分で昼間に見かけた女の子たちは、彼のファンクラブの代表と言っていた。

一体、いくつだったのだろう。二十代、もしかしたら彼より年下の十代だったのかもしれない。

三十六歳。そんな自分から見れば、シドウジュンヤにも彼女たちにもまだ無限の未来が広がっている。

三十歳を過ぎると、自分の未来がある程度見えてくる。三十代半ばに入ると、その未来にあきらめがしのびこむ。

あの子たちのように誰かを一途に恋したり、あるいは誰かから一途に愛されたりする可能性は、この先の人生には少なそうだ。女としてもっとも若く、きれいだったときは、おそらく過ぎてしまったから。

「若先生、ありがとね」

祖父がいた頃によく来院していた初老の男性患者が、カーテンを開けて出てきた。

「楽になった。肩も軽くなったし。今日はどこも休みでね、ここが開いていてよかった」

「そう言っていただけると、うれしいです。ありがとうございます」

それにしても、と男が室内を見渡した。

「しばらく来ない間に雰囲気が変わったね。南国っぽいというか。いい匂いもするし。鍼灸院というよりアロマの店みたいだ」

「アロマが好きなので、少し焚いているんですけど、苦手でいらっしゃいましたか？」

いやいや、と男が軽く首を横に振った。

「オジサンにはちょっと居づらいかなというだけ。領収書をもらえる？」

領収書を渡すと、男はそそくさと去っていった。

この人はもう来ないかもしれない。そう思いながら、頼子は患者を見送る。

亡くなった祖父は柔術と居合い術をたしなみ、そのおかげか祖父の患者には格闘家をはじめとしたアスリートが多かった。祖父には自分が長年武道を続けるなかで編み出した独自の手技と理論があり、それに心酔した有名な選手の大会に帯同したり、彼らの自宅に行って治療をしたりする機会もたびたびあった。

そうした手技と理論を継げればよかったのだが、すべてを教わる前に祖父は他界した。それとともに祖父が抱えていた患者たちも大半が去ってしまい、この院もかつてのにぎわいはない。

今の患者も祖父が他界して以来、足が遠のいていた人だ。頭痛がするほどの肩こりに悩まされて来院したのだが、定期的に通っている鍼灸院はもう別にあるようだ。そこは日曜日が休みなので、応急処置を求めてここに足を運んだらしい。治療を気に入ってくれたら、再び通ってくれるかもしれないが、あの様子ではたぶん、もう来ない。
か。
模様替えがまずかったのだろうか。それよりも祖父のような卓越した腕がないのが問題
「しょうがないじゃない……」
独り言を言ったら、気分が落ちこんできた。
今日はこのあとの予約は入っておらず、この雨では飛び込みで入ってくる患者もいない
だろう。診療時間は八時までだが、早めに片付けて今夜はゆっくりすることにした。
診療用のベッドにかけてあったタオルシーツをはがして畳む。それを終えたあと、今度
は診療室に掃除機をかける。
ねこみち横丁にあるこの鍼灸院は、昨年に廃業した喫茶店の二階にある。フロアのすべ
てを占める院のなかには十二畳と八畳の部屋が一つずつ。ぶち抜いたようにつながってい
るが、それぞれの部屋には階段から続く外の廊下に面したドアがある。
借地にこの建物を建てたとき、祖父は将来、部屋を壁で区切って二つの店舗を入れられ
るようにと考え、ドアを設けたそうだ。しかし実際は十二畳を鍼灸院、横丁に面した窓が
ある八畳を自宅にして、ここに住みついてしまった。
掃除機をかけ終えたので、今度は窓際の八畳に干してあった大量のタオルを取り込む。
祖父は頼子が一人になったら、自宅にしていたこの部屋を改装して、店舗として貸し出

すことを勧めていた。しかしそのときが来てしまうと、改装費用が高いことと、一階の空き店舗にテナントがなかなか入らないことを考えあわせて踏み切れなかった。

タオルを畳み終えて、頼子は窓の外を見る。雨が大粒になりだした。横丁を歩く人々が駆け足になっている。

こんな夜に一人でいると、昔のことを思い出す。

東京に出てきて六年目。母方の祖父のもとで働き出して三年目。上京する前は東海地方の小さな町で暮らしていた。名古屋近郊の短大を出て、地元の繊維会社で働き、二十三歳で職場結婚。その頃は漠然と男女一人ずつの子どもを持ち、ゆくゆくは夫の実家近くに一軒家を建てる暮らしを思い描いていた。

ところが二十代の終わりに夫の不貞で結婚生活が終わった。子どもがいなかったから、離婚話が進むのは速かった。もっとも子どもがいたら夫は浮気をしなかったかもしれない。

二人で暮らした家を出て、実家に帰ろうとも思ったが、十代の終わりに両親も離婚をしており、それぞれが再婚して新たな暮らしをしているので帰る場所がない。

そこで夫からの慰謝料を元手に上京して、東京の鍼灸の専門学校に入った。都会暮らしは過去を詮索されないのが気楽だ。

祖父と同じ鍼灸師という仕事を選んだのは、婦人科系が弱くて、その周期を整えるために鍼灸と薬膳に興味を持ったのがきっかけだ。

専門学校を出てから祖父のもとで見習いとして働きだしたが、祖父に言わせれば、自分が打ち立てた理論体系をすべて伝えるには、スタートが遅すぎたそうだ。それでも、祖父はこの業界で身を立てていく方法をコツコツと丁寧に教えてくれた。

時計を見ると、七時半を過ぎていた。

外の看板を片付けようと、頼子は院を出る。このまま部屋で雨の風景を見続けていると、暗いことばかりを思い出してしまう。

階段を下りて、鍼灸院の看板を軒下に入れる。濡《ぬ》れた看板を布で拭いていると、黒いヨットパーカーのフードを目深に下ろした男が傘をさして近づいてきた。

男が立ち止まり、目深に下ろしたフードを上げる。

伊藤純だった。濡れた髪が肩にかかって、しどけない。そう見えるのがわかっているから、フードで隠していたようだ。

こんばんは、と穏やかな声がした。その顔を頼子は見上げる。

この人の目はよく見ると、右が丸みのある二重で、左がやや切れ長な奥二重だ。そのせいか左から見ると印象が冷たく、右から見ると優しげだ。正面から見ると、微妙に印象が違う二つの目に惑わされて、ときどきうっかり見入ってしまう。

ところが今日は、顔が少しむくんでいるようだ。両目が奥二重になっていて、ひどく冷ややかに見える。

「純君、今日は遅いのね……あ、日曜はお休みか」

そうです、と言って、純が顔にかかった髪をはらった。

「でも追分に寄ろうと思って。ひどく濡れたし、食事もしたいし」

BAR追分は日曜日の夜はバーは休みで、昼のバールが夜の九時まで営業している。夜のバーで働いている純は、おそらく着替えのようなものを奥に置いているのだろう。

「今日の追分には素敵なパスタがあるよ」

そうらしいですね、と言いながら、純が鍼灸院の看板を見た。

「もう終わりですか？」

「こんな雨ではね」

「今日はもう少し早く来て、お願いしたいと思ってたんですけど、なかなか用事が終わらなくて」

風が吹き始めて、雨が横殴りになってきた。低気圧が接近してきたことを肌で感じたら、純の顔のむくみの理由に思いあたった。

「もしかして、痛んできた？」

少し、と純が控えめな口調で言う。我慢強いこの人が「少し」と言うのなら、おそらく辛《つら》いのだろう。

「昨日は眠れました？」

「あまり……。頭痛がして」

「低気圧が来ているもんね。それならどうぞ。時間はいつもの四十五分でいい？」

「それだと終わりの時間を超えますけど」

腕時計を見ると、七時四十五分。今から四十五分の診療をしたら、営業時間の八時を三十分超えてしまう。

「いいですよ。純君の都合は大丈夫？」

大丈夫です、と純が答えて、傘を閉じた。傘のしずくを彼が払っている間に看板を片付け、頼子は二階に上がる。

伊藤純こと志《し》藤淳哉《どうじゅんや》は、元は祖父の患者だ。今も来てくれるのは、職場のＢＡＲ追分が近いからだろうか。

腕を買ってくれているのなら、うれしいのだけれど。


タオルとドライヤーを純に貸し、濡れた髪を洗面所で乾かしてもらう間に、頼子は診療用のベッドにシーツを敷き直して、カーテンで囲う。

髪を乾かした純がカーテンのなかに入り、治療着に着替え始めた。

着替え終わったという声がしたので、カーテンの内側に入ると、純はすでにベッドにうつぶせていた。

身体《からだ》に触れると、冷え切っている。すぐに湯たんぽを作って太ももの間にはさみ、シルクの毛布を下半身にかける。

冷えてますね、と言ったら、「寒かったです」とぽつりと声がした。

こんな雨のなかで何をしていたのだろう。

カルテを確認すると、昼間の女の子たちが言っていたとおり、今日は彼の誕生日だった。

しかし身体から伝わってくる感じでは、楽しい時間を過ごしていた様子はあまりない。

薄い治療着の上から、背骨を上から下へとなぞる。腰のあたりにきたとき、軽く純がうめいた。めったに声を上げない人なのに珍しい。

「痛みはどのあたりが強く出ていますか」

ゆっくりと腰骨のあたりを押さえていくと、腰の左側が痛むのか、純の指が軽くシーツをつかんだ。その反応を見ながら、あとで灸をすえる位置を確認していく。

「低気圧が来ると痛む？　やっぱり」

「気のせいだと思うようにしてるんですけど、身体が痛むと必ず雨」

「このあたりはどうですか？」

強《こわ》ばった箇所に指を置くと、返事の代わりに息を吐く音が聞こえた。

脚部がなかなかあたたまらないようなので、赤外線のライトを下半身にあて、頼子は肩からマッサージを始める。

しばらくすると、強ばった筋肉が柔らかくゆるんできた。

伊藤純こと志藤淳哉は、歴史上の人物を主人公にした『新感覚・時代劇ミュージカル』を打ち出している人気劇団の新進俳優だった。

歌舞伎を意識したのかこの劇団は男性だけで構成され、女役は団員が女形《おやま》をするか、ゲストで女優を招いている。劇団の主宰者であり座付き作家でもある若手戯曲家は、この数年、新撰組や安倍晴明、源義経をモチーフにした作品を、女性向けの少しエロティックな恋愛シミュレーションゲームと連動させて発表し、劇団には熱狂的なファンがついている。

彼らの舞台の見所は、幅広い年代の男たちが織りなす殺陣《たて》とアクロバティックなアクションシーンだ。研究生から始まる団員の養成システムはとても厳しいらしく、団員に昇格した人々は優れた技量を持つが、主宰の戯曲家以外はメディアに登場しない。公式サイトとフェイスブック、舞台で目にするしか団員の情報は一切出ないというのも神秘的で、一度舞台を見ると女性は特に夢中になってしまうものらしい。

祖父が遺した患者の資料のなかで、志藤淳哉の映像を見たことがある。そのときは牛若丸を演じており、京の五条の橋の上を軽やかに飛び回りながら、武蔵坊弁慶を翻弄していた。長髪の美少女とみまごう牛若丸がワイヤーアクションで舞台上を飛ぶ姿は見応えがあったが、やはり危険だったのだろう。その数日後の稽古中に事故があり、腰と左半身を強打して負傷で降板のうえ、しばらく入院生活が続いたという。

それは志藤淳哉が研究生から団員に昇格して、これから花形として売り出されようとした矢先だった。退院後は劇団に引き留められたようだが、彼は退団して現在に至っている。

カルテによると、彼は事故に遭う前から、殺陣の指導者の紹介で祖父の治療を受けていた。事故自体によるダメージは、とっさに受け身をとったのがよかったらしく、脳波に異常はなく、骨折も手足のみですんだと書かれている。しかしもともと痛めていたのか、それ以来腰が痛みだし、さらには低気圧が来ると、骨折した箇所がひどく痛むという。

マッサージを終えたので、頼子は治療着の背中のマジックテープをはずす。

あらわれた純の裸身は肌がなめらかで、引き締まっている。無駄な脂肪がないその身体は、退団後も引き続き鍛えている証拠だ。

インターネット上の情報によると、彼は研究生時代に新撰組をモチーフにした舞台で、佐々木愛次郎の役に抜擢《ばってき》されたのがデビューだという。その役柄は雪のように肌が白く、引き締まった身体をした美剣士だったそうだ。

背骨に沿って鍼を打ちながら、まさにその通りの身体だと思う。それと同時に、昼間にバール追分で見かけた三人の女子のことが再び心に浮かんだ。

華々しく活躍する前に退団したが、志藤淳哉には研究生の時代からの熱狂的なファンがついているようだ。そうしたファンがときおり横丁に現れるので、彼が劇団に所属していたことを知っている人もいる。桃子の話によると、バー追分に来る女性客のなかには、彼が志藤淳哉だとわかって来ている人もいるらしい。ただバーという大人が集まる空間では、誰もが節度ある振る舞いをするようだ。

純が小さく息を吐いた。その反応とともにさらに身体がゆるんできた。緊張がほぐれたのか、「今日の昼」と純が口を開いた。

「おさがわせをしたみたいで」

「何のこと？」

「仙石さんからメールが来て。女の子が三人、あちらこちらで、僕のことを聞き回っていたという話でした。モモちゃんに聞いたら、やっぱりバールに来ていたって」

すみません、と純がわびた。

「先生と悟郎さんと宇藤さんがそのときにいたって話も」

「私には何の迷惑もかかっていませんよ。……彼女たちはお誕生日おめでとう、って純君に言いたかったんだって。今日はお誕生日だったんだね」

「そうです」

「これから誰かとお祝いを？」

「いいえ。今日はバールが九時まで開いているから、モモちゃんにわび入れて、食事して、帰って寝ます」

「今日の追分の定食は素敵だね。昼間に食べたの。手作りの麺でペペロンチーノとカルボナーラとミートソース。おいしかったよ」

何を、と言ったあと、純が軽く言葉に詰まった。鍼が響いたようだ。

「……召し上がったんですか？」

ミートソース、と答えたら、純の腹が鳴った。

「おなかが空いてきた？」

「今日はそんなに食欲がなかったんですけど」

「食欲が出てきてよかった。めぐりが良くなってきたということだから」

部屋の隅にあるキッチンのスペースからごはんが炊ける香りが漂ってきた。八時三十分に炊きあがるようにセットした炊飯釜からだ。

いい香り……と純がつぶやいた。

「ごめんね、おなかが空いているときに。そろそろごはんが炊ける時間で」

「いつもこの時間にお食事なんですか」

「だいたい、そう。仕事が終わったら、まず食べて。それからあと片付け」

「すみません……今日はこんな時間まで」

「それは全然気にしなくていいんだけど、ごはんの匂いはちょっと我慢してね」

「気にならないです」

「下着を少し失礼しますね」

治療着ごと下着を少し下ろして、臀部《でんぶ》に近い位置に鍼を打つ。鍼を打つ位置をさぐろうと仙骨のあたりに指をはわすと、痛むのか、小さなうめき声が漏れた。

触れた指をゆっくりと離す。すみません……とあやまる声がした。

「どうかしましたか？」

「昼間のこと。不愉快な思いをされたんじゃないかって」

「悪い子たちではなかったよ。モモちゃんに気を遣ってピンチョスを買って帰っていったし」

「宇藤さんに八つ当たりをしていったって、モモちゃんがメールで」

「人違いをしていたみたいね」

そうですか、と純がため息をついた。

ファンにとっては、思いを伝えたいという純粋な好意でも、こうした訪問が続くと、彼の居場所を少しずつ削っていく。

どこへ行っても、それは続くのかもしれない。彼が華やかな世界に復帰するまでは。

「彼女たち、いつまでも純君……淳哉さんを待っているって言ってた。舞台には戻らないの？」

「戻れません」

「殺陣やアクションをしなくても、歌や演技の力があるでしょうに」

疲れた、とささやく声がした。この人の声は小さくても、明確に耳に届く。そうした声を聞いていると、舞台に立つトレーニングを丁寧に積み重ねてきた人なのだと思う。それだけに「疲れた」という言葉の意味合いは大きい。

「ごめんなさい。勝手なことを言って」

いいえ、と純が深く息を吐いた。

「僕は、子どもの頃から働いていて。……キッズモデルの真似事《まねごと》をしていたんで、芸歴のようなものは長いんです。だからもうしばらくは」

じっとしていたい、と言った声に、電子音のメロディが重なった。場違いなほどに陽気な音色だ。

アマリリス？　と純がつぶやく。

「そうなの、うちのお釜はごはんが炊けるとアマリリス。炊飯の予約をするときにはきらきら星のメロディが流れるの」

「なんでだろう？」

「どうしてかはわからないけど。でもわかりやすくていいよ。起き上がれますか？」

治療が終わったので、声をかけると、純がため息をつきながら肘をつき、上半身を起こした。苦しげに見えたので、あわてて頼子は声をかける。

「無理に起き上がらなくていいですから。ゆっくり、ゆっくり。しばらく横になっていても大丈夫ですから」

いいですか、と辛そうな声がした。

「もちろん。補助が必要だったら、声をかけて。あわてないでね」

すみません、と、ぐったりとした様子で純がベッドにうつぶせた。

ベッドの周囲を仕切ったカーテンから出て、頼子は炊飯器に向かう。

この部屋には隅に小さな流しとコンロがあるが、普段は患者から見えないようにバリ島で作られた木の屏風《びょうぶ》で目隠しをしてある。

流しの上にある小窓に激しく雨が打ち付けてきた。

「雨がまたひどくなってきたみたい」

「台風にはならないと聞きましたけど」

こんな雨のなかに再び純は出ていくのだろうか。BAR追分までたいした距離はないが、せっかく身体をあたためたのに、風雨でまた冷やすのは残念だ。

炊きあがった表示が出ている炊飯器のふたを開ける。白米がつやつやと照って、見るからにおいしそうだ。この米は、横丁の定食屋で食べたとき、あまりにおいしかったので品種を聞いてわざわざ買った山形県の米だ。

一口食べると、いい炊きあがりだった。少したためらったが、屏風の向こうに声をかけてみる。

「純君、よかったらうちで食べていく？　たいしたおかずはないけど……。たくさん炊くとおいしいような気がして、ごはんはいつも二日分炊いているの」

屏風とカーテンをへだてて、純の声が届いた。

「僕もそうです」

「自炊してるの？」

「してます。外食だけだと、すぐ太るから。残ったごはんって、どうやって保管していますか」

「陶器の飯びつにいれて、冷蔵庫に」

メシビツ？　と不思議そうな声がする。声の感じから察するに、起き上がれたようだ。

「陶器のおひつ。そこにごはんを入れておくと硬くならないし、そのままレンジに入れてチンすれば、炊きたてみたいにふっくらしたごはんになる。便利だよ」

そちらに行ってもいいですか、と静かな声がした。

どうぞ、と答えると、VネックのTシャツに黒いシャツを羽織った純が現れた。胸元には銀色のネームタグのようなネックレスがあり、その下には引き締まった胸筋がある。ほっそりとして見えるのに、存在感のある身体だ。

ころんとした丸みを帯びた形の飯びつを渡すと、珍しそうに純がふたをあけた。

「これにごはんを入れるんですか？」

「前はラップで包んで冷蔵庫に入れてたんだけど。今はこれ。一合と少し入るかな。二合入るものもあって、そちらは形が四角形。陶器は、ごはんの水分を調節してくれるらしくて、ぱさぱさにならないの。それから……」

それから？　と純がふたを閉めた。

「冷凍の肉まんを軽く水で湿らせて、これに入れてチンすると、いい感じにふかしあがる、ふっくらと。ちょうど一個入るの」

「豚まんとあずきバーを冷凍庫に常備しているんですけど」

「それなら便利よ。……あずきバーが好きなの？」

口元に軽く手を当て、「はい」と純が言う。美貌の青年が照れくさそうにしているのは新鮮だ。

「豚まんも。子どもっぽいですけど、それで一食をすませるぐらいに」

「今日のおかずはポークジンジャー……豚の生姜《しょうが》焼き。ささやかだけど、よかったらどう？」

「生姜焼きも好きです」

「それなら、どうぞ。お米も新米だし。食べ終わった頃には雨も少し弱まるかもしれない」

窓に当たる雨を見て、純がうなずき、再び飯びつを眺めた。そうしていると少年の頃の面影が色濃く浮かぶ。

落ち着いて見えるが、この人は生まれてまだ二十年と少ししかたっていない。少年時代の面影が残っているのも当然だと思ったら、自分がひどく大人に思えた。

診療用の部屋の奥にはプライベートな部屋があるのだが、そこに他人を入れるのはためらわれた。そこで純が手を洗いにいった間に、頼子は診療のスペースを囲む目隠しのカーテンを開け、ベッドを隅に動かす。空いた場所に折りたたみのテーブルを広げて、二つの丸椅子を置いた。

純が洗面所から出てきた。

「ごはん、すぐに作るから、こちらで待っていて。テレビを見ますか?」

いいえ、と純が答えたので、「何か音楽をかける?」とたずねる。

音楽? と純が聞き返した。

「音楽と言えば、最近、小さな音で音楽がかかっていますけど、あれはなんですか?」

「おかしい?」

いいえ、と純が首を横に振る。

「気持ちがいいなと思って。ピアノの音が」

「バリ島のスパで流すために作られた音楽で、ピアノとガムランのアルバム。鍼灸院にバリ風味っておかしいかなって思ったんだけど、私がリラックスするから」

「それで最近、南国風に模様替えをしているんですね」

観葉植物やチーク材のテーブルに純が目をやる。祖父がいた頃は人体の骨格模型や、ツボや経絡が描かれた大きな人形が所狭しと置いてあったのだが、今はそれらを撤去して、観葉植物や間接照明を置いている。

丸椅子に座ろうとした純が、診療用のベッドを見た。

「すみません……もう少し横になっていていいですか」

「どうぞ、楽にして」

診療中に流していた音楽を再びかけて、ベッドに横たわった純にシルクの毛布をかける。毛布にくるまるようにして彼が横を向いた。目が合ったので、さきほどから気にかかっていたことを聞いてみる。

「この模様替えは男の人には居心地悪いかな？　迷ったんだけど、森の鍼灸院という名前だから、南の島の森みたいな、あたたかくてのんびりできる雰囲気に変えていこうかと思って」

居心地？　と純が目を閉じた。

「悪くないです。森先生の人形は不気味で少し苦手だったし。それにタオルや毛布がやわらかくなって、とてもいいです」

「それならよかった」

ねこみち横丁の公式サイトの原稿を宇藤に頼めなかったのは、祖父亡きあとのこの院をどうしたらいいのか、なかなか方針が決まらなかったからだ。

祖父が遺した人形などの備品を取り払い、女性にも足を運んでもらいやすい、あたたかい雰囲気の場所づくりという方針が決まったのは、つい最近のことだ。迷いながら少しずつ進めただけに、居心地が悪くないと言われるのはうれしい。

ほっとした気分で、冷蔵庫を開け、豚肉の細切《こまぎ》れとキャベツと氷を出す。手早くキャベツの千切りを作ってザルに入れて氷水にさらすと、生姜のチューブに手が伸びかけたが、思い直して冷蔵庫の野菜室から生姜を出してすり下ろした。濃縮のめんつゆを出して少しの水を加え、すりおろした生姜と合わせたあと、玉ねぎを薄く切る。玉ねぎでにじむ涙を拭きつつ、千切りのキャベツを水切りしたら、フライパンを出した。

フライパンに油を引き、豚の細切れと玉ねぎを炒める。フライパンは長年、油をなじませて育てた鉄製だ。一人暮らしではそれほど凝った料理を作らないが、このフライパンで肉や野菜を焼くと、なんでもおいしくなる気がする。

玉ねぎと肉に軽く火が通ったので、生姜入りのめんつゆをかけ回す。フライパンのなかで煮立ったつゆが音をたてた。

いい音、と純の声がした。

「生姜焼きの音だ」

「このジュワーって音、いいよね。ソースやつゆが煮立ってジュージューと音がすると、お祭りで見た屋台のやきそばを思い出す」

たしかに、と純が笑った。

「いい匂いがしてきた」

生姜焼きの味をみて、少量の甘みがほしくなったので、蜂蜜をひとさじ落とした。かきまわしてからフライパンにふたをして、朝に作った大根の味噌汁《みそしる》を冷蔵庫から出してあためる。本当は新たに味噌汁を作ろうと思ったが、純を待たせるのも悪い。

フライパンのふたをあけ、豚肉が硬くならないところで、火からおろす。生姜焼きを皿に盛りつけ、千切りのキャベツを添えると、味噌汁の鍋が静かに沸《わ》いてきた。

「純君、お味噌汁に卵を入れる？」

えっ？　と戸惑うような声がして「入れます」と返事が戻ってきた。

「煮る？　それとも半熟ぐらいにしますか？」

「半熟をお願いします……味噌汁に卵って、なんか家のごはんっぽい」

「ここは家でもあるから」

そうですね、と笑う気配がした。

生姜焼きを先にテーブルへ運ぶと、起き上がった純が微笑んだ。

「もうできたんですか、早いですね」

「すぐにごはんを持ってくるね」

「何か手伝いましょうか」

純がゆっくりと身を起こした。

「無理しないで。ゆっくりと起き上がって。もし、できそうだったら、お茶を淹《い》れておいてもらえますか」

湯を差した急須と湯呑《ゆの》みをテーブルに置く。盛りつけたごはんと味噌汁を運んでいくと、純がふたに手を添え、湯呑みに茶を淹れていた。身体が痛むという状態なのに、姿勢がきれいだ。

いつもはペットボトルだから、と純が手にした急須を見た。

「急須を使うのは久しぶりです」

「うちは親戚がお茶農家で。お茶は急須で淹れろってうるさいの」

いい香り、と純がお茶の香りをかいで、飲んだ。

「すみません、先に飲んでしまって」

「かまいませんよ。さあ、どうぞ。冷めないうちに」

純が味噌汁を口にした。それから茶碗《ちゃわん》を手にして、決まり悪そうな顔になった。

「生姜焼き、ごはんにのせていいですか。この間、バール追分で宇藤さんがそうして食べていて、すごく、うまそうだった」

「それはおいしいかもね」

「行儀が悪いからあまり見ないで、って、宇藤さんに言われましたけど、生姜焼きのたれがごはんにしみてるのがあまりにおいしそうで、ガン見してしまった」

ガン見ね、と笑う。こんなきれいな子にじっと見つめられたら、宇藤も食べづらかったことだろう。

あの人……、と、純が箸を動かした。

「宇藤さんは言葉も食べ方もきれいだ。行儀が悪いって言うところが、すでに行儀がよくて。育ちがいいんでしょうね」

育ちがいい、という言葉に投げやりな響きを感じて、頼子は生姜焼きを口に運ぶ。

「純君も言葉がきれいだと思うけど」

「注意しているんですけど、長く話すとメッキがはがれる」

「メッキって?」

「僕は劣悪な育ちだから」

「自分が育ったところをそんなふうに言ってはいけないわ」

でもそうなんです、と純が箸を動かした。

「まわりの家では塾だ、習い事だ、と親が子どもに金をつぎこむところを、うちは親が僕を働かせて小金を稼いでいましたから」

返す言葉が見つからなくて、頼子は黙る。

子どもの頃はキッズモデルの真似事をしていたと純は語っていた。その言葉に華やかなものを感じていたが、よく考えれば真似事とは、どんな仕事なのだろう。

相手がどんな境遇で育ったのかをよく知らないのに、自分が育ったところを悪く言うという発言は、体裁のよい言葉で取り繕っただけかもしれない。

すみません、と純が小声で言った。

「変なことを言って」

「いいえ、あの……」

口ごもったら、純と目が合った。むくみがひいたのか、右目が奥二重から二重に戻り、あたたかくも冷たくも見えるいつもの顔に戻っている。

「私のほうこそ、いい加減なことを言ってしまって」

いいえ、と純があわただしく生姜焼きを口に運ぶ。まるで何かを言ってしまいそうになる衝動を、おさえているみたいだ。

「だけどね、どこに生まれてどう育つかは、子どものうちは選べないけど、大人になった今は自分で生き方を選べると思うの。お誕生日、おめでとう」

純が戸惑った顔をしたのち「すみません」と言い、「ありがとうございます」と言い直した。

「すみませんって、おかしいですね。でもすみません、先生に気を遣わせて」

気を遣わせたのは自分も同じだ。気まずい雰囲気を変えようと、「お酒でも飲みますか？」と言ってみた。

純が「お酒？」と聞き直した。

「先生は普段、何を飲んでいるんですか？」

「普段？　日本酒」

「日本酒？」

純が意外そうな顔をした。

「四合瓶をいろいろ買って飲んでる。そうだ……お誕生日のお祝いに、いいお酒を開けよう。飲む？　あっ、駄目だわ」

「何が駄目なんですか？」

「ごめんなさい、うっかりしていた。治療をしたあとにお酒はいけません」

森先生に聞いたことがあるんですけど、と純が味噌汁を飲んだ。

「一時間ほどたっていれば少しぐらいなら、とおっしゃっていました。自分の身体と対話して決めよ、と」

「祖父はお酒が好きだったから」

あと少しで一時間、と純がスマホを出して、時間を見た。

「日本酒は飲まないんですけど……」

純が軽く目を閉じた。

「今日は飲んでみたいです」

「では、ほんの少しだけね」

冷蔵庫に向かい、頼子は『得月《とくげつ》』という酒を出す。新潟のこの酒は毎年九月に限定出荷されるもので、祖父は毎年、これを二本買い、一本を屋上で月見をしながら飲み、残りの一本は今年一年の「ツキを得る」と言って、正月に飲んでいた。

この酒造会社は自分の名字と同じ、久保田という酒を出しているので親しみ深い。今年はその『久保田』と『得月』を一本ずつ買い求めたところだ。

ガラスの酒器に冷たい酒を満たして、テーブルに運ぶ。透明な杯に酒を注《つ》いで渡すと、純が香りをかいだ。

「日本酒の香りが苦手だったんだけど……いい香りに思えてくる」

「いいお酒は香りもいいのよ」

互いの杯を軽く合わせたのち、静かに唇に当てる。ふくよかな香りがして、清冽《せいれつ》な水のように澄んだ味わいの酒が身体の奥へ、きらめきながら落ちていく。米と水と日本の風土が作り上げた、清らかな酒だ。

「このお酒はお米を真珠玉みたいに磨いて醸すんだって。これがそのお米」

四合瓶の箱に入っていた精米見本の袋を手渡すと、「丸い」と純が驚いた顔をした。

「本当に真珠みたいだ。それに飲みやすい……というか、飲むというより身体に沁《し》みていくみたいです」

「私たちの主食ってお米だものね。お米のお酒だから身体にすうっと沁みていくのかもしれない。もう一杯いかが？　今日から始まる純君の新たな年に、大きなツキが得られるように」

　軽く頭を下げ、純が杯を差し出す。杯を満たして口に運ぶ仕草が時代劇の一シーンのように美しい。この酒は「ゆきの精」という米が原料だ。雪のような肌を持つと言われた悲劇の美剣士を演じた俳優によく似合う。

　再び頼子は生姜焼きに箸をのばす。生姜が利いた甘辛いたれと豚肉から溶けた脂が、赤身の風味をふくらませ、豚肉は本当においしいと感じさせる。豚肉単独で食べたあとは、キャベツの千切りとともに口に運ぶ。キャベツの甘みと歯触りが生姜焼きのこってりしたたれと絡まり、無敵の組み合わせだ。

　皿のふちに盛っておいたキャベツ用のマヨネーズに、純が生姜焼きを軽くつけて、キャべッとともに食べている。

目が合ったら、少しはずかしそうな顔をした。

「生姜焼きにマヨネーズを少しつけるのも、いけますよ」

さっそくそうして食べると、マヨネーズの油分とたれがよく調和して、おいしい。

「お酒がすすむわね」

俺、と言ったあと、「僕」と純が言い直した。あまり飲まないという日本酒がまわってきたのだろうか。

「俺でかまわないですよ」

「俺、この酒、グラスになみなみと注《つ》いで飲みたい。でもそういうことをしたら、酒への冒瀆《ぼうとく》? 行儀が悪いですか?」

「お誕生日の人は、どんな飲み方をしても許されますよ。でも治療後だからほどほどに」

「身体が欲しがっています」

「そう? ……ではグラス、いる?」

はい、と素直に純がうなずいた。酒に敬意を表し、この家で最も高価な江戸切子のロックグラスを持っていく。

グラスを見た純がうれしそうに受け取り、酒を注いだ。

「毎日、こういうお酒を飲んでいるんですか?」

「仕事終わりに毎日飲むのは、最近、リピートしているものがあるの」

食べ終わった食事の皿を頼子はキッチンに運ぶ。そのついでにいつも飲んでいる酒とワイングラスを持って、テーブルに戻った。

「普段はこれ。『風の森』。飲みさしのものもあるけど、新しいのを飲んでみる？」

「飲みさしでいいです」

「いいえ、お祝いだからね、新しいものを開けましょう」

おめでとう、と栓を開けると、心地良い音がした。

『風の森』は醸している最中に発生した自然の炭酸ガスが酒に溶け込んでおり、新しい瓶の封を開けるとスパークリングワインのようにポンと音がする。いつもは一人で聞く音を、今日は二人で聞けて愉《たの》しい。

ワイングラスに注ぐと、細かな気泡が立った。純がグラスを照明にかざした。

「日本酒なのに発泡するんだ」

「風の森はいろいろなシリーズがあるから、一つひとつ飲んでいくのも楽しみで。泡が抜けたあとの味も深くて、ゆっくり楽しめるの」

果物みたいな香りがする、とつぶやき、純が一口飲んだ。

「甘め？　でもこれもおいしい。ふくよかな感じがして」

「このお酒は名前が気に入って買ってみたんだけどね」

酒瓶のラベルを見て、「森つながり？」と純が言った。酔ってきたのか、口調にほのかなぬくもりがある。

「そう、森つながり。私のふるさとには森があって、風が吹くと木々がざわめく。とてもいい音なの。風の森って名前を見たら、その音を思い出した」

「どんな音？」

「さわさわ。しゃらしゃら。雨の音にも少し似てる」

純が酒を飲み、軽く目を閉じた。外の雨音を聞いているようだが、続く言葉を待っている気配もする。

「森の緑の間から光がさしこんで……新緑の時期が一番きれい。空を見上げると、薄緑の若葉に日が透けて、太陽の光ってきれいだなと思う。五月の風が吹き抜けると、足元には笹百合《さゆり》が」

「笹百合ってどんな花？」

「淡いピンクの清楚な百合。風の森という名前を見たら、そういう景色を思い出して。飲んだら、ますますなつかしく思い出されて」

純が『風の森』を飲み干した。

「私はこのお酒、チョコやフルーツと一緒に飲むのも好き。一日の終わりにほんのひとくち。猫がなめるように、少しだけ。最近は食後に梨と一緒に……」

梨？　と純が首をかしげた。

「梨はね、これから空気が乾いてくる時期に体を潤すからいいんですよ」

「豚肉はどうですか？　身体にいいですか？」

「ビタミンBが豊富だから、おすすめですよ」

「豚肉が一番好きで。生姜焼きのほかにカツが好きなんです」

酔いが回ってきて、頼子は笑う。

「トンカツ、いいわよね。とんかつ茶づけって食べたことある？　新宿の有名なお店の名物なんだけど」

「いいえ。カツでお茶づけって……想像がつかない」

店の名前と場所を伝えたら、「いつ行きます？」と聞かれた。

「いつって？」

行きませんか、と純が誘う。

「今日のお礼に、ごちそうします」

「お礼なんていいですよ。お誕生日にこんなごはんで申し訳ないぐらいなのに」

「生姜焼きは好きです……というか大好物。カツと同じぐらい」

豚まん、生姜焼き、トンカツ。この人は本当に豚の料理が好きなのか。そう思ったら気持ちがなごんだ。

純がスマホを出して、スケジュールらしきものを見ている。

「今年はいい誕生日でした。身体も痛くなってきたし、お酒もおいしかったし。来週か再来週の日曜はどうですか」

「どちらも用事が入っていて。また今度ね」

今度という約束が果たされることはない。それは大人に必須のテクニック、人付き合いを円満にするための社交辞令だ。

院に通う患者、特に異性と外で個人的に会うのは避けるようにしている。たとえ恋愛関係に陥りそうにない相手だとしても――。

それでも年下の青年に誘われて悪い気はしない。

たとえ今日の食事の礼であったとしても、思い出すたびにお酒がおいしく飲めそうだ。

九時半を過ぎたら、雨足が弱まった。そのなかを純は一人で帰っていった。

二階の自室の窓からその背を見送る。

こうして眺めていると、建ち並ぶ新宿のビルやねこみち横丁の建物は都会の木々のようだ。

遠ざかる背を見ながら、この横丁は彼がひととき身を隠す森なのだと思った。時が満ちれば森を出て、彼は再び華やかな場所に戻っていくだろう。
いつかその日が来るまで、身体を癒やす手助けができたらうれしい。
窓から離れて壁にもたれると、雨音が木々のざわめきのように聞こえてきた。
美酒をひとくち飲んで、頼子は目を閉じる。
五月の森、青葉のきらめき。清らかな風。
戻ってみたいな、少女の頃へ。風吹く森のなかにいたあの頃へ。

毎日決まった時間にバール追分のカウンターにいると、雨の日には客足が鈍ることがだんだんわかってきた。

午後の三時半、バール追分のカウンターの隅で、宇藤は原稿用紙に向かう。

外は雨が降り続き、今日はランチの客も少なかった。二時を過ぎてからは客足が途絶えてしまい、カウンターには誰もいない。

「雨が降ると困っちゃうな」

桃子の声がしたので、カウンターの内側に宇藤は目をやる。うしろで束ねた髪を結び直して、桃子がピンで留めている。

「お客さんの足が鈍るから？」

それもあるけど、と桃子が今度は手を洗った。

「湿度が上がると髪がふくらむの」

たまに桃子の髪がフワフワして見えるのは、湿度の問題だったのか。しかしそれは決して悪くはなく、むしろ好感を持って見ていたのに、本人にとっては悩ましい状況のようだ。

宇藤が万年筆のキャップをしめると、桃子が近づいてきた。

「宇藤さん、コーヒーでもいかが？」

「ありがとう、いいですか？」

もちろん、と言って桃子がカウンターの内側で手を動かし始めた。

「今書いてるのは、花日和のエッセイ？」

「何を書こうかと思って。アイディアをいくつか出してた」

「シナリオとエッセイって書き方は違うの？」

「違うね、やっぱり。シナリオって会話が主体だから。エッセイは会話があまり出ないし。だけどありがたいと思ってるんだ」

「勉強になるってこと？」

桃子がコーヒーのドリッパーに湯を注いでいる。湯気とともに豆の香りが立ちのぼった。

「それもあるけど、僕がこれまで書いてきた原稿は名前が出ていないから、本当に僕が書いたのか他人にはわからない。だけど花日和の原稿は名前が出るから。……初めてなんだ、署名原稿を書くのも、それが印刷されて人目に触れるのも」

桃子がうれしそうな顔をして、コーヒーをカップに注いだ。

「振興会の人たちも喜ぶよ。畑違いの仕事で、かえって宇藤さんが困るんじゃないかって心配してた人もいるから」

「そんな話が出てたの？」

「少しね。コーヒーをどうぞ。それから、こちらも」

桃子が小皿をカウンターに出した。黄色い木の実が三個、のっている。

「これは何ですか？　栗？」

栗だよ、と桃子が快活に返事をした。

「食べてみて。和栗がもうすぐ届くんだけど、迷ってるの」

迷ってると言われても助言ができるとは思えないが、言われたとおりに食べてみる。上品な甘みがある栗だ。

桃子がカウンターの内側に置かれた小さな丸椅子に座った。

「おいしい素材はあまり加工せずに食べるのがいいよね。……とすると、ふかした栗？　ふかすだけじゃ寂しいかな？　どう」

「おいしいけど、たしかに寂しいかもね」

「ではでは、ですね。栗の甘露煮、栗の蒸しパン。モンブランもいいかな。和栗のモンブラン……」

和栗のモンブランという言葉だけでもおいしそうだ。しかし聞かれたわけではないようなので、黙って二個目の栗を食べた。

うーん、と桃子がうなっている。

「ペーストにせず、栗がゴロンとしたのを食べたい気もする。マロンパイ？　うーん、アップルパイを出したあとだから、パイが続くか」

「そういうことって考えるの？」

結構、考える、と言いながら、桃子が本のようなものを出した。魔法の書のような革張りの立派な装丁の本だ。

「それは料理の本か何か？」

「ううん、業務日誌……と言っても、五年分が書き込める日記帳なんだけど。去年の今頃は何を出していたかなって」

「そういう記録を書くものなの？　お店をしている人は」

「他の人はわからないけど、季節によってメニューを変えるところは、何かしら書いていると思うよ」

真剣な顔で日誌を見ながら、桃子がつぶやいた。

「去年のこの時期はおイモだったんだよなあ、スイートポテト。……ペースト状のものがいいのかな。マロンペーストとクリーム。よし、モンブランはどうかな？　宇藤さん」

いきなり質問が飛んできたが、戸惑いながらも宇藤は答える。

「和栗のモンブランって言葉はおいしそうだと思ったけど、実はあまりスイーツを食べてないんで、よくわからない」

そっか、と桃子が再び日誌に目を落とした。

「エスプレッソと合わせるとおいしいと思うんだよね。モンブラン。小さく作って、ピンチョスにのせるの。ひとくちモンブラン」

「ひとくちなら、とりあえず食べてみるかも」

あ、そう、と桃子がむいた栗を手にした。

「でね、ちっちゃいから一個まるごとは無理だけど、モンブランの頂上には和栗を割ったものをのせる」

これがのるの？　と言いながら、宇藤は三個目の栗を口にする。

「……だとしたら、僕はピンチョス二個ぐらい、いけるかもしれない」

「おおっ、手応えを感じる。試作品を作ってみよう」

日誌を閉じながら、桃子が笑っている。その笑顔を眺めていると、くつろいだ気分になってきた。

会話が途切れたら、かすかに雨の音が響いてきた。しゅんしゅんとやかんの湯が沸く音がして、桃子が火を止める。

「僕の同級生の菊池さんが……この間来た沙里さんが、佐々木さんのことをうらやましいってメールに書いてきた」

「どうして私なんかが？」

「どこででも食べていける技術があるからだって。菊池さんは今、転職を考えているらしいんだけど、なかなか思うようにいかないそうだ」

でもね、と桃子が沸かした湯を流しのなかで、何かにかけている。

「私もそれなりに悩んでるの」

「おいしいものを作れるのに？」

ありがとう、と桃子が微笑《ほほえ》むと、やかんをコンロに戻した。

「東京ってね、趣味で働いている人がたくさんいるの」

「働くのが趣味って、どういうこと？」

「たとえばお家《うち》がすごく裕福で、働かなくても生活できる人。利益のことを考えないで、純粋に自分がしたいようにできる人。そういう人たちが文化？　クリエイティブなこと？　大都市のカルチャーを創《つく》っているような気がする」

「それなら僕なんて、とうてい無理だ」

「宇藤さんのは創作だから、お話が違うの。私のいう文化ってのは、なんていうのかな……」

桃子が少し考えこんだ。

「私ね、お休みの日によそのお店によく行くの。とても素敵なカフェがあって……紅茶一杯でずっと本を読んでいる人がいたり、店のマダムとおしゃれな話をしている人がいたり。そういう空間は好きなんだけど、ふと我に返ると、こんなに少ないお客様だと生活できないなって思うのよ」

「その店は大丈夫なのかな」

「そこのマダムはおじいちゃまの持っているお店が空いていたから、居心地の良い空間を作ろうと思っただけだって。だから雨が降ると、お店をやらずに家でレシピの研究したり、テイクアウト用の焼き菓子とか作ってる」

「ずいぶん詳しいね」

「お店が閉まっている日はツイッターで、そうしたツイートがあるからわかるの」

「晴れた日だけの店なんだ」

素敵なのよ、と桃子が夢見るように言う。

「コーヒー一杯で議論ができたり、ずっともの思いにふけっていられるって、ヨーロッパのカフェっぽくて。そういうところからきっと、町の文化っていうのかな？　カフェ文化って生まれるんだと思うの」

「ヨーロッパに行ったことがないから、わからないけど……写真なんかを見ると、たしかにカフェでのんびりしてる人をよく見るね」

そうなの、と桃子がうなずいた。

「のんびりできる空間、居心地良い場所。私もそう思っていて……。今日みたいに雨が降っている日はお客さんにあたたかいものを、少しでも気が晴れるものをって、工夫をするんだけど、こんなに誰も来ないと、この先、やっていけるんだろうかって思うの。そういうことを考えていると、ときどき自分が黒くなる」

「黒くなるって？」

桃子が丸椅子に腰掛けた。心なしか、疲れているようだ。

「あのカフェのマダムみたいな人から見ると、私って、田舎から東京に出てきて、ガツガツ働いてる人間に見えるだろうな、余裕がなさそうに見えるだろうなって。好きなことをしているのに……こうやって働けて幸せなのに、どうしてそんなことを思うんだろう」

ごめんね、宇藤さん、と桃子が顔を上げた。

「コーヒーのおかわり、いかが？　……って、こんな話をしたあとじゃ飲みにくいね。でも私も飲んじゃおう」

桃子が再びコーヒーを淹《い》れ始めた。香ばしい匂いが漂い、部屋にゆったりとした空気が流れ始めた。

なんだい、その顔は、と言ったら、桃子が顔を上げた。

「しけてちゃ商売にならないぜ。……って生粋の東京人が見たら言うよ」

仙石さんか、と桃子が笑った。

「宇藤さんもよく言われるの？　私もよく言われる」

「仙石さんは生粋の江戸っ子だけど、雨の日も晴れの日もすごく働いてるよ」

ふふっと、桃子が再び笑ったとき、ドアが開いた。

いい香り、と声がして、中年の女性が入ってきた。

「コーヒー？　おいしそうな匂いもする、なんだろう、スープ？」

いらっしゃいませ！　と桃子が弾《はじ》けるような笑顔で挨拶をした。

「コンソメのスープのご用意があります。お野菜のひとくちスープです。それからあと少しでスコーンが焼き上がります」

いいわね、と女性がカウンターに座ると、ピンチョスの大皿を見た。

「ひとくちスープに、カマンベールのピンチョスをもらおうかな」

ドアが開き、女性客二人が入ってきた。

「ああ、開いててよかった。お休みは月曜かな、火曜かな、と思いながら来たの。奥さーん、こっちよ」

続けて二人の女性が入ってきた。

どうぞ、お好きな席へ、と桃子が女性たちに声をかけている。

ドアが開き、今度は伊藤純が入ってきた。濃紺のVネックのコットンセーターにブラックのデニムを穿《は》いている。女性たちの目が吸い寄せられるようにして、純に集まった。

カウンターにもたれ、純がピンチョスを見る。

「テイクアウトのコーヒー、二つお願いします。あと、シュークリームのピンチョスを三つ」

持ち歩きの時間は、と桃子が聞いた。

「近くだから、保冷剤はいいです」

再び、ドアが開き、今度は富喜子が入ってきた。フッコさん、と桃子がうれしそうに富喜子を見た。

「もしかして、雨、止《や》んだんですか」

「止みましたよ。虹が出ています」

テイクアウトのコーヒーを持って、純が出ていくと、開いたドアから晴れ間が見えた。

カウンターに人が並び、桃子が忙しく立ち働き始めた。フワフワした髪が笑顔をさらに陽気に見せ、バールが一気に明るくなっている。

桃子と店の様子を眺め、宇藤は文章でスケッチを始めた。今すぐ作品にはならないが、いつか自分はこのスケッチを読み返す気がする。

あたたかな食べものの匂いと、にぎやかな人々の笑い声。昼間の明るさと夜の静けさ、二つの顔があるけれど、どちらも居心地がいい場所だ。

スケッチを書き終え、宇藤はあらためて店を眺める。

ＢＡＲ追分。

昼間はバールで、夜はバー。

本書は、ハルキ文庫のための書き下ろし作品です。

Haruki Bunko
ハルキ文庫

い 20-2

オムライス日和《ひより》 BAR追分《バールおいわけ》

著者 伊吹有喜《いぶきゆき》

2016年2月18日第一刷発行

発行者 角川春樹

発行所 株式会社角川春樹事務所
〒102-0074 東京都千代田区九段南2-1-30 イタリア文化会館

電話 03(3263)5247(編集)
03(3263)5881(営業)

印刷・製本 中央精版印刷株式会社

フォーマット・デザイン 芦澤泰偉
表紙イラストレーション 門坂 流

ISBN978-4-7584-3973-2 C0193 ©2016 Yuki Ibuki Printed in Japan
http://www.kadokawaharuki.co.jp/[営業]
fanmail@kadokawaharuki.co.jp[編集] ご意見・ご感想をお寄せください。

伊吹有喜の本

BAR追分

「ねこみち横丁」の地域猫・デビイに誘われて扉を開けると、そこはBAR追分——。昼は「バール追分」で空っぽのお腹と心を満たし、夜は「バー追分」で渇いたのどと心をうるおすことのできる店だ。昼のおすすめはコーヒーやカレーなどの定食類、夜はハンバーグサンドをはじめ魅惑的なおつまみで本格的なカクテルなどを楽しめる。今日も、人生に迷ったお客様が一人、また一人と……。早くも常連希望者殺到中の心温まる新シリーズ、ここに「開店」！

ハルキ文庫